那多灵异手记

凶心

SPELL

那多◎著

北方联合出版传媒（集团）股份有限公司
万卷出版公司

那多手记序

其实书的封面上该是“那多灵异手记”，但我还是习惯把这个系列称为“那多手记”。“灵异”二字是从接力出版社出版《幽灵旗》开始，和我商量着加上去的。这一次万卷出版公司重出，编辑也觉得要加，否则新的读者也许会搞不清楚这是些什么小说，没准是纪实文学呢，哈哈哈。好吧，为了再多卖出几本，就加上这两个字，有什么办法，哈哈。

但我总觉得不如“那多手记”来得干净利索，同时我也喜欢它的平淡无奇。就如这个系列小说的格局一样，由一个平淡的新闻引出，往往开篇不紧不慢地叙述，在某个地方忽然一转，就此被水底急流卷去了。我一直想着，生活就是这个样子，仿佛平凡得很，你可以数十年就在某个小圈子里打转，直到死去。但它又经不起琢磨，经不起观察，经不起追问。否则，就要闹出大动静来，很可怖的。

这次重新出版是一次梳理，手记系列最早在南海出版公司出过三本，分别是《坏种子》《凶心人》和《铁牛重现》，现在几乎见不到了。后一本本该叫《铁牛重临》的，无端端被他们改了，如今改回。而后，自《幽灵旗》始，就在接力出版社了。其间《暗影三十八万》又转由贝塔斯曼出版，如今这家大公司已经撤出中国。一团乱，谁料得到，我们就是这样活着的。

现在，总算转到一家的手里，规整地再次出版。自我初次写出手记开始，已经过去好些年。老读者多已工作，这一次的新版书，基本算是给新成长起来的人们看的。好叫他们知道，有个叫那多的家伙，能够想出、写出让他们惊掉下巴的故事来。好的想象力能够抵得住时间的侵袭，就如我少年时初看卫斯理，完全想象不到，那些小说竟是在上世纪六七十年代写就的。天呐，我什么时候语气变得如此老气横秋。

我是个懒人，本想一字不更，直接把老版扔给万卷换新皮。可是其中有几本着实写得不理想，不得不做些改正。我的老读者们，如果看见某部小说竟然变了结局，不要太惊讶，生活嘛，得坚韧些，哈哈哈。

二〇〇九年五月二十七日，于某咖啡馆发呆两小时后，半小时草就。

那多

目录 CONTENTS

再序

我的老读者一定会发现，这套由万卷再版的那多灵异手记系列，其中有三本不太一样。

原本的《凶心人》现在叫《凶心》，《坏种子》叫《坏种》，《变形人》叫《变形》。

相对来说，这三部作品是我觉得需要作修改的，为了有所区分，我在修改后把书名也略作改动。

只不过我实在是个超级懒的人。在修改的进程中，我越来越觉得，尽管这三部作品现在看来极青涩，有诸多不满之处，但似乎把精力放在这上面，不如去写新作品……好吧，我承认就是懒，所以最终，这三本书的修改幅度远不如计划之初。

改动最大的是《凶心》，相较于原版，重写了开篇，更换了结局。其次是《坏种》，开篇和结尾润色过了，但不像《凶心》那样更动了情节。至于《变形》，基本只是加了个尾声。

我的老读者们，要不要再买回家，就自己考虑了。

但无论如何，手记的世界，仍在继续。

神农架三百多尸骨叠积

日前，有关人士在神农架新华乡南部猫儿观村一山洞里，发现了一百多年前留下的层层叠叠的尸骨。

该洞当地人称为“人洞”，位于鲍家山的一处绝壁上。由新华乡组织的探险队在当地村民袁作清的带领下经过艰难跋涉找到了该洞。走进洞里一看，遍地是尸骨，让人触目惊心。

据考查，这些尸骨已存在一百多年了。从现存的骨骼辨认，有男有女，有老有少，共约300多具。洞中的水潭边上，有不少是儿童的骸骨。

仔细查看洞内四周，发现人们曾在此生活过的痕迹。杯盘碗盏的碎片和烧过的木头竹片，仿佛述说当年人声鼎沸的景象。

数百人为何同居一洞？是什么原因导致他们命丧黄泉？答案有待进一步考证。

据《人民网》

Chapter 01 噩梦重现

《晨星报》的新闻中心一如往日的烟雾缠绕。

“劈劈啪啪”的打字声、重叠在一起的电话铃声、笑声、骂声，还时不时间着杂物掉在地上的声音。真是热闹极了。

这是下午三点半，报社最忙的时光才刚刚开始。

“到得挺早啊，那多。”一个声音仿佛从遥远的地方传来，晃晃悠悠飘进我的耳朵。

这是经济部的报花林海音在揶揄我，我总是懒一段时间又勤快一段时间，上星期属于前者，几乎都在四点后才进报社。

“发什么愣呢！”林海音见我没反应，把头凑过来，靠近我耳朵大声说。

“哦！”我醒转过来，转头冲她一笑。

当然笑得很勉强，我能感到嘴角的肌肉是怎样被一点点牵动的，牵得脸颊都微微颤抖起来。

“你脸色怎么这样白？”林海音打量着我问。

我要说话，这才反应过来，嘴里还含着一口铁观音。这口茶我已经含在嘴里几分钟，现在已变得温热，但舌头突然痛起来，然后整张嘴都热辣辣的。我什么时候居然冒冒失失地把滚烫的茶就这样喝进嘴里？我偷偷扫了眼电脑屏幕，不禁打了个寒战。

“这天你还冷？”

我尽量收回游离的神思，一口把茶喝下去。

“冷啊，所以脸白嘛，防冷涂的蜡。”

林海音啐一口，走回自己座位去了。

我看着她走开，视线重新回到屏幕上，那个触目惊心的新闻标题：《神农架三百多尸骨叠积》。

人洞！

对啊，就是人洞。

我从未想到，这辈子会再听到这两个字。而且，仅仅是在那件事过去不到一年的时间。

我确信这支探险队和写出这篇报道的记者，绝对不会知道“人洞”这两个字背后的东西是多么令人震怖和恐慌，其诡异凶厉的程度，要远胜过洞里的枯骨。

这是2002年的5月。距离我从人洞里出来，已经过了一年。

让我喘口气，喘口气。这事情是怎么又出现在我眼前的？

是的，我是在上网浏览新闻时看到这则消息的。

我每天到报社的第一件正事，就是上网看一下当天或前几天的新闻。像我这样没有条线的记者，更是什么杂七杂八的新闻都要关心。这种关心并不是源自我对这些新闻本身的兴趣，恰恰相反，有时候我连自己的报纸《晨星报》都懒得看。

会不会上网看新闻，怎么看，这是决定一个记者是否优秀的重要指标。我可以厚着脸皮在这里说，就上网看新闻这个方面，我是非常擅长的。

或许很多新入行的记者会不太明白，看网上的新闻和自己采访有什么关系。唔，我想把其中的诀窍略微透露一下也没什么关系，虽然我会有所保留，但如果一个新记者有优秀的潜质，不用我多说什么，甚至我不说，日后也会渐渐明白这个道理，但如果他愚笨不堪，我说得再明白对他也是白搭。许多事情都是这样的。

或许有些自作聪明的人看到这里会认为，网上的新闻之所以对我们记者有用，是因为网络无国界，直接拿下来就是。不是没有人做这样的事，但那样做的大多数是编辑，尤其是他在编明天报纸的时候，忽然发现没有足够的新闻稿，不得已只好从网络上照搬下来。但那绝不会署个人的名字，通常以“本报综合报道”出现，其实什么综合报道，抄抄而已，有的时候，起一个“宗和”的名字，也是常用的手法。但如果一份报纸上整天都是这样的报道，不但在业内的声誉会一落千丈，恐怕报纸的销量也会迅速下跌，所以编辑也只能在迫不得已的时候偶一为之。

对不起，对不起，我说了一堆乱七八糟的东西。我想你能理解，我需要镇定，镇定，镇定，镇定，镇定，镇定，镇定！

让我再假装镇定地说些废话。废话总是有价值的，我一向这么认为。

我先前所说的诀窍，当然不是那种害处极大的利用网上新闻的方法，而把网上的新闻直接署记者自己的名字，则更是犯了行内的大忌。真正正确的方法是，利用网上新闻里透露出来的信息，进行二次采访。

恕我直言，这个世界上愚蠢的人永远是大多数，在记者这样一个对个人判断力和文化修养要求相对较高的职业里，情况也是这样。

你往往可以看到，一篇长达千字以上的新闻，要不什么内容都没有，要不把无关紧要和大家都知道的事写了一大堆，真正有新闻价值的事反而草草带过；相反，一个背后很可能大有文章的新闻，结果只写了二三百字的小消息的情况也屡屡发生。如果在网上看到了这样的新闻，那就有福了，根据上面的线索，一个电话打过去采访，立刻就可以写出非常好的新闻稿，有两次我还因为这样的稿子而得了报社的奖金，真是“得来全不费工夫”。

所以，像我这样优秀的记者……够了！

我不知什么时候已经从座位上站起来，一拳捶在显示器上。显示器上的新闻页面扭曲起来，周围的同事都惊讶地看我。

够了。

我吁了口气，向他们笑笑，重新坐下来。显示器上，那则关于人洞的页面又恢复正常。

这则新闻，挂在搜狐网旅游频道的奇闻栏目里。具体内容，你把这本手记往前翻几页就能看到。

一股巨大的力量，埋藏在我心里的极度恐惧，让我在看见这则新闻的第一时间里，就被吸入了那段拼命想忘记的回忆里。

这段可怕到我原本不想写入手记里的回忆，在这一瞬间，全回来了。

新闻的后面，有一些网友的回贴，许多网友坚信这是一则假新闻，觉得很荒谬。天，单单三百多具枯骨就觉得荒谬，如果他们看到我这篇手记，不知会作何感想。随他们去想吧，毕竟，知道真相的，这个世界上只有十几个人而已。确切地说，是十四个人，加上你，第十五个。

一切都已经过去了。我对自己说。

那个探险队又去过那里了，还有一个记者写了，足以证明他们平安无事。那个噩梦，不会重演。

真的吗?

真的……真的不会再发生吗?突然之间,我变得不太确定起来。因为“它”可能并没有被真正消灭,从某种角度说,“它”还活着,就活在我生活的这座城市——上海。

我决心把这个故事写出来,相信写完之后,我就可以真正从一年前的那场阴影中解脱出来。

那么,让我们回到一年前。

2001年,夏。

中国内地的教育机制,一直有着这样那样的问题,往往学生承受着数倍于他国同龄人的课业压力,而实际的能力,却要远逊。鉴于这种情况,最近几年来,教育体制改革的力度越来越大,同时为学生“减负”和“素质教育”的呼声也一年比一年高。其覆盖面之广,从学龄前一直到大学。

2001年的夏天,正逢推行素质教育的一个高峰,作为媒体,关注和推动是义不容辞。可是像《晨星报》这样的以上班族为主要阅读人群的报纸,不可能用大量的篇幅去做有关小学生中学生素质教育的报道,所以除了对整个教改情况的报道之外,具体就只能关注大学生的素质教育了。我由于是“自由条线”记者,所以也被告之要多注意这个方面的新闻线索，发现有价值的就要做大做足做好。

说来也巧。F大的生物系打出“素质教育”“吃苦教育”的旗号，在暑假里组织了一次神农架地区的野外考察，要通过在原始森林里的长时期跋涉，锻炼大学生的意志力和生存动手能力。之所以说巧，是因为带队的老师名叫梁应物，是我的好朋友兼老同学。于是很自然的，我向单位申请了二十天的出差，准备和这支大学生考察队一起去神农架。当然，我是不出钱的，出差费用报社负担，我只要在回来之后交上一篇四千字的长篇通讯就可以了。做记者就是有这点便利，常常可以免费旅游。

梁应物是F大的讲师。除了长得好一点、上课生动一点外，和一个普通的大学年轻老师也没什么区别。可是我知道，那只是假象。如果不是在一次奇遇里撞见他以另一重身份活动，我到现在都不会知道，原来中国竟然还有一个这样庞大而神秘的X机构，当然更不会知道梁应物是X机构的研究员了。

事实上，梁应物有着哈佛大学生物工程博士学位，就这个学历而言，梁应物的年轻充分显示了他卓越的学术能力。通常有这样背景的人回到国内的大学里任职，在一流顶尖的学校，即便不给一个学院院长副院长的职位，也必定是教授头衔。然而由于梁应物太过出色，但他的另一重身份不允许他在日常生活中太过招摇，所以在他的学历上稍稍动了动手脚，对F大而言，这位年轻的讲师不过是拥有哈佛大学的学士学位罢了。

X机构是存在于普通人感知之外的，就是我们记者，相信知道这个机构存在的也没几个。虽然它也是一个半军事化的部门，并且级别相当高，但和国安局相比，性质上还是有很大的区别。以我目前的了解而言，这个机构虽然神通广大，触角庞大而敏锐，但基本上，它还可以说是一个研究机构。在这个世界上，常常会发生一些一般人无法接受的，甚至完全脱离现有科学准则的事件，这些事件有的没什么后遗症，有的却影响深远。在中国，这样的特异事件，就由X机构全权负责，相信其他每个大国都有着类似的机构。

我这个人，也不知是幸运还是倒霉，总是接二连三地经历到怪异甚至是诡异的事件。或许这该归咎于我那过分旺盛的好奇心，在采访中偶然碰到了一次超常经历后，就非常注意各种不同寻常的消息和状况，有些平常人觉得毫不出奇的地方，我也时常产生“真相就是上面写的这样吗”或者“真的就只有这些而已吗”之类的疑问。所以，绝大多数的奇怪经历，可以说是我“自找”的。这种经历多了，和X机构打交道就在所难免。不过这个故事和X机构并没有多少关系，所以谈到这样的程度，就可以打住了。

神农架这个地区，因为野人和其他各种各样的传说，始终笼罩着神秘的气氛。要到这样的地方去，我这个好奇心极重的家伙，当然免不了有些兴奋。购置好强力手电，驱虫药品，压缩饼干等想得到的东西，带了个睡袋，出发的那天晚上，我到火车站和梁应物及考察队的十二名队员汇合。

计划是从上海乘火车到武汉，到了武汉再转乘大巴士经巴东进入神农架。看到甚至比我更兴奋的大学生们，我不由得愣了一愣。原以为我的行李已经够多了，没想到这里比我东西带得多的人有得是。一个女生甚至带了两个大旅行袋两个小旅行袋外加一个随身挎包，由父母帮着扛上火车。看来到时候团里的男生有得苦头吃了。

大家要一起相处二十天的时间，我还要采访写稿子，进了神农架，原始森林里大家免不了要相互扶持，所以不管我对这些大学生持怎样的观感，还是要和大家尽快混熟。我这几年记者可不是白当的，加上这些学生对记者这个特殊行业也有着好奇，所以到第二天清晨，上了武汉的大巴士时，我已经基本熟悉了这十二名大学生，并且开始谈笑聊天起来。

十二名学生，五女七男。其中一男一女，最最引人注目。

男的名叫何运开，手臂上的肌肉高高堆起，胳膊有我的小腿粗，至于胸肌更是惊人，我用眼瞄了一下，五名女生里好像没有一个胸前的高度能赶上他。听说他是练健美的，一身皮肤晒得乌黑。在我的审美观里，健美练到这种程度，已经有点可怕了，不过看何运开的神情，他应该很为自己的一身肌肉骄傲。

女的名叫刘文颖，引人注目的理由很简单，因为她是个美女。圆脸，大眼睛，挺直的鼻梁，大胆的露脐装更让她活力四射。这是个很外向的女孩，到了哪里都是中心人物。只是在我看来，她总是有意无意地往梁应物那里凑，在梁应物的面前，她的笑容也最灿烂。

梁应物可称得上是青年俊杰，海外归来的资历，再加上另一种身份熏陶下自然产生的神秘气质，配上原本在大学时代就被人称道的英俊脸庞，要是没有女生暗恋他才叫奇怪。

老实说，就是他搞出一大堆师生恋我也觉得非常正常。只是这家伙一点趣味都没有，脑子死板得很，真的做了他的女朋友，也不见得是多么有幸的事。

另外的一对男女也颇引人注意。倒不是这两个学生有什么特异之处，是因为他们到了哪里都形影不离，那个名叫费倩的女生一有机会就把整个人黏到卞小鸥——那个男生的身上，坐巴士的时候，她整个人都躺进了卞小鸥的怀里。这两个人是什么关系，当然就不用我再来多嘴了。只不过看这两个人的架势，还真不像是去野外探险，倒像是在上海公园里郊游。

而袁秋泓，这个长得微微有些福气相的女孩子，一看就是大户家里出来的。我这里说的大户，当然不是中国内地股票交易所大户室的大户，而是家境很好，并且有不错的教养的意思，通常这样的家庭，或者有些可以说是家族，不可能是在这一代里暴富起来的。或许袁秋泓并不太愿意别人注意到这一点，但是她在火车上往睡铺上铺的塑料薄膜，坐姿和喝茶时拿杯子的手势，以及刚上大巴时轻微皱了一皱的眉，已经足够让我判断她的家世情况。或许，这个小姑娘是意识到了自己的娇气，故意要通过这一次的野营来锻炼一下自己吧。

我想在这里有必要说明一点，以免有些人看了我在这里的叙述，误以为我是个没事就盯着小女生看的变态狂，虽然看到美女的时候，我的确会好好地扫几眼，从脸，到胸，到腰，到臀，到腿，或许还会看一看头颈和手，因为我是一个正常的并且自认对美女有几分品位的男人。袁秋泓不是美女，但由于我的职业原因，我对周围人的一些细节观察得很仔细。并且自从经历过一些不可思议的事件之后，我的这一习惯更加牢固，因为有时候这会救我的命。

与袁秋泓相反，另一个梳着油亮分头的男生朱自力，虽然一路上都发表着各种各样的议论，好似自己博闻强记，知识丰富，但以我看来，他着实有些浅薄，许多所谓的见闻，与我所知道的事实相差甚远。再看他颈中挂着的玉佩，玉质不错但造型俗气，梦特娇的短袖T恤加不知什么牌子的牛仔短裤，谈笑时粗口不忌，我几乎可以断定他家境甚优，并且于此代发迹，不知他书读得怎样，就这样看来，他只是个没什么底气的富家公子哥。

另外的三个男生赵刚、王方圆、林质朴和女生蒋玮一时间看不出有什么出众之处，不太显眼。

令我略有些意外的是，队伍中一个名叫路云的女生和名叫郭永华的男生看起来颇为内向。照我想来，参加这种活动，虽然可能有着种种目的，但应该都比较外向活泼才对，这两个人一路上不太说话，也从不加入别人的讨论圈，郭永华偶尔说起话来，还支支吾吾，不仅木讷，似乎还有点口吃。不过其他人对此习以为常，也没有硬要这两个人加入谈话圈，看来他们一向如此。

从武汉到巴东有三四百公里，到的时候已经是下午三四点钟光景。从上海到武汉，城市的风貌已是大有不同，而由武汉再到巴东这个小县城，一路上人烟渐渐稀少，房屋也多有破败，造型也越发简单朴素。一些原本就从外省考进上海的学生倒还没什么，几个在上海生长起来的年轻人就不由得唏嘘起来。朱自力又开始了一通长篇大论，说到这些地方的人虽然非常穷苦，但生性疏懒，也无上进之心，循环往复，看来要发展成上海那样，也不知道何年何月。虽然对当地人生活的困境也叹息了几声，但无同情之意，倒是袁秋泓，一言未发，专注的眼神里却带了一丝悲悯之色。

我看得出朱自力有些想吸引刘文颖的注意，或许他想吸引所有女生的注意，只是那一番言论平凡无奇，各个地方的差异，从历史到现状，其背后错综复杂的因素，就算是对相关的学者，也是一门大学问，涉及人性上的异同，更是绝难一言以蔽之。不过朱自力滔滔不绝，可以把浅薄的立论发挥到这般程度，有无知少女被他骗倒，也未可知。

到了巴东，原先的巴士司机因为不熟悉接下来进神农架的山路，为保险起见，我们换了一辆长途客车，车况比之前要差了很多，开起来发动机的声音像打雷一样，震得人脚底发麻，但据说司机开车三十年没出过事故，很是保险可靠。等到这车一震一震地向神农架开去，山路陡峭，有时转弯时，车子的半个轮子悬在半空，我就明白，这司机三十年没出事故等于白说。在这里要是出了事故，落下个终生残疾就算是幸运的了，所以看到的司机应该都没出过事故。大多数的同学都没有这样惊险的乘车体验，在车子拐弯时往往探出头去，看到半个轮子架空在万丈悬崖之上，就齐齐发出惊呼，更有胆小的女生，连看也不敢看，努力缩到靠山壁的那一边，生怕许多人挤到悬崖那边，车子一个失衡就此摔落下去。

同行者中，就路云是湖北人。这个长得清清爽爽的内向小姑娘，或许是因为回到了家乡，话也一点点多起来，较在火车上时的木头模样好了很多。许多奇奇怪怪的湖北民俗民风从她的口中慢慢道出，听听倒也挺有趣味。

Chapter 02　去人洞玩耍的阿宝

一个多小时后，我们到达了三里屯村。这里是此次野外探险的起始地，我们会在这里休整一晚，明天清晨，将从这里出发，用十五天的时间穿越三百公里的原始森林，到达另一个村子。途中我们会经过五个小型的聚居地，可以补充食物和饮水。

为此次探险加重砝码，同时也让何运开这个猛男大呼刺激的是，这样长时间的野外探险，几乎可以算是在大学生探险史中破天荒地没有当地的导游。也就是说，一行十四个人是否能从原始密林中走出来，全得靠自己了。虽然每个人都带了手机和其他一切应用器具，梁应物甚至有一支在当地借的双筒猎枪，可在这现代社会中罕有的鸟兽称霸的地方，确实没法说万无一失。

不过我和梁应物却并不担心。我们手上有一张官方印制的详细地图，去年曾有一支大学生探险队也走过相同的线路，并且一路详细画下了地图，这一次梁应物拿到了这份地图的复印件，所以不会有迷路之虞。对于猛兽的担忧，一般来说，所有的肉食动物除非饿到极点，否则不会主动攻击人，更不用说这么大的一支队伍了，就算有万一，梁应物手上的猎枪可不是吃素的。

此外，虽然梁应物没有说，我也没有问，但我不相信从X机构出来的梁应物，会没有一两件高科技的傍身法宝，就算没有，也会带着比手机更安全可靠的通讯工具。所以不请导游，只是增加学生冒险情绪的手段罢了。

学校方面在之前早就和三里屯村联系过住宿和食物的问题。车子一到，村长和几位老人就已经在村子的入口处迎接了，同时还有一众孩童和几个村民围观。这几位老人估计在村子里德高望重，地位很高，看他们白发苍苍，脸上沟壑纵横，在他们面前，我和梁应物也只能算是毛头小伙了，更不用说那些学生了。他们也不知道等了多久，还真是过意不去。

这时天色已经不早，长途舟车劳顿，大家都饥肠辘辘。村长也知道这一点，稍微寒暄了几句，就把我们引到吃晚餐的地方。

村子里没有专门的餐厅，但是在村子中央的一大块空地上，早已经生起了篝火，各种各样的野味已经串在铁叉子上，肉香飘来，看得我们眼珠子都直了，唾液不由自主地大量分泌出来。

不用什么椅子，所有的人都席地而坐，除了烤肉，许多菜源源不断从村子的各个方向端过来。看来村长早已经派好任务，许多村民的家里都要一起做菜。我知道学校里一定会给村子一笔钱，我估计这笔钱不会太多，但相信对这个村子来说，也是不小的收入了。

这里的菜虽然没有大城市饭店里的精致，也没有各种各样的调味品，但出自天然，全都是货真价实的野味，肉要老一些糙一些，但又鲜又香，还有一大堆刚从山里采出来的野生蘑菇，和山鸡肉炖成一大锅，那滋味，唉，现在回忆起来……虽然接下来就会碰到极其诡异凶险的事，但这顿晚餐，直到如今还让我直吞唾液。

三四十位村民参加了这一场“晚宴”，或许对于他们来说，这场大餐也是难得才可以享受到的。虽然在神农架边，经常都可以打到野味，但大多数时候都会拿到外面的市集上卖掉，少有舍得自己吃的。

席间，村民们向我们说了很多话，但大多数时候都听不太懂，这种带着严重口音的普通话，在这样嘈杂的环境中，对我们来说和当地的方言没什么两样，又不好意思句句让人家反复说，只好以点头微笑混过去。不过看学生那一边，路云好像能听懂一些，开始充当两边的翻译，何运开和朱自力和村民们开始互相拼酒，酒是村里自酿的，酒精味很冲人，几轮下来，何运开已经开始摇摇晃晃，朱自力倒还好，真是让人意外。

有人问在这条路线上有哪里比较好玩，什么地方的风景好，看来除了吃苦探险外，大家来神农架，也想好好领略一下大自然的风光。于是几位常在山里走的猎户开始介绍这一路的地形，什么地方有小溪什么地方有瀑布，哪里开阔哪里幽闭。还说了几个和景观有关的传说，多是男女相恋，很是动人。

忽然，旁边一个脆生生的童音说道：“还有人洞啊。”

小孩子的普通话要比大人标准多了。

我闻声看去，那是一个六七岁的男娃子，张着嘴，脸上的表情很是奇怪。通常小孩子说出的地方，必然是他们常常玩耍的所在，可是他现在的表情，竟好像有一点惊慌失措，仿佛刚刚做了一件错事一样。

“人洞是什么地方啊，一个洞吗，很好玩吗？”袁秋泓笑着问他。

“阿宝，说什么呢！”旁边一个壮年男子呵斥，同时一下子站起身来，大跨步走到阿宝的身边，一把拎起他，另一只满是老茧的大手就打在阿宝的屁股上。旁边几个孩子脸色发白，一句话都不敢说。

我的眉头皱了起来。倒不是因为阿宝挨打，这是人家的家务事，我不想多管，一句话犯的错误能有多大，顶多挨几下。可让我奇怪的是，阿宝他爹在打阿宝的时候，表情居然也有点紧张，落下去的巴掌一掌接着一掌，打了十多下都没停下。阿宝像是被打懵了，也不哭，一句话都说不出来。

人洞，这到底是什么地方，这样看起来，倒好似是一个不能提的禁忌？

“别打了别打了，要把孩子打坏的，算了，他也没什么错啊。”几个女生看不下去了，出言劝止。

“添金，够了。”村长发话了。阿宝他爹添金听了，又狠狠打了三巴掌，终于把阿宝放下。阿宝双脚落了地，呆呆地发一了会儿愣，这才“哇”地哭了出来。

“哭，哭什么哭，下次再乱说，打断你的腿。”阿宝他爹大声说。旁边一个女人走出来，看样子是阿宝他娘，拉着阿宝离开。

我看了梁应物一眼，这“人洞”看来不那么简单，村里人这么忌讳，还是不问的好。

可是大学生们没有这么多考虑，个个都觉得这事情蹊跷，满肚子的好奇。

“请问，这人洞是什么地方啊？”何运开问了出来。

“这……”村长一脸为难，想了一想，才说，“小孩子乱说话，其实这地方根本没什么好玩的。”

“阿宝这样说，说明他常常去玩喽，怎么没什么好玩。”年轻人问起话来就是毫无顾忌，说这话的是刘文颖。说起来，我好像也算是年轻人，但和这些大学生在一起，彼此心理上的差距，还真是很大。这也可能和我之前一些奇怪的经历有关，从生死边缘走几遍，再年轻也会很快成熟起来。

"呸，他会常常去玩，那真是见鬼了。"添金说。

村长苦笑："不止阿宝，没有人会到那里去玩的，我也不知道刚才他为什么会那样说，真是奇怪了。"

这样一说，学生们的好奇心更重了，纷纷出言相询，看起来不满足他们的好奇心也不行，梁应物也只好问村长。

梁应物一问，学生们立刻投来感激的目光，我心里暗笑他果然懂得为师之道，这一下就收了不少人心，想来在X机构中人际关系也是复杂万分，梁应物拿些手段出来，这些小孩子还不被治得服服帖帖。

看见梁应物开口，村长也不好再隐瞒下去。原来依着他们原定的线路行进，大约走半天的路，在一处名为鲍家山的小山半山腰上，就有这么一座人洞。这洞在几乎可以称作绝壁的陡坡上，一个小孩子，是绝无可能跑出那么远的路，到这个就算是成人没有工具也很难进去的人洞里玩的，所以刚才阿宝肯定是在胡说。小小年纪就说谎，这顿打是一定要挨的。

我却在怀疑，阿宝真的仅仅只因为说谎而挨打吗？刚才这顿打可不轻啊，看得出阿宝他爹是下了重手，而不仅添金，从村长到几位老人，表情都不太自然。当然，这话我并没有说出来。

立刻就有人提议，要明天顺便去这人洞里看看。

此话一出，一方面立刻受到其他学生的响应，另一方面，村长却变了脸色。

“不能去啊，那种地方，不能去的。”

果然，我心里说。

村长叹了口气，开始解释原因：“我们谁都没有去过那个洞，老一辈传下来，那个洞是凶地，谁进去都会有灾祸降临，所以谁都不敢去。”

只不过这个原因对于充满好奇心的大学生而言，根本不能成为原因，接受了十几年的科学教育，怎么会被这样无稽的理由吓倒。

不过村长和几位老人看起来都很坚持，大多数的学生都很识相地不再谈这件事，只有何运开还在说明天一定要去看一看。梁应物见村长满脸担忧之色，只好出言让何运开别再说下去。

晚宴完毕，村长就领梁应物到住的地方，其实就是村民家里。这些村民都是村子里最富裕的，家里也比较宽畅，可就算是这样，也几乎算是“家徒四壁”，有一家最好，有一台二十世纪八十年代产的十八寸彩电，能收三个台，但不太清楚。而其他没有学生住的人家，大多数还在用煤油灯。艰难的条件，可见一斑。

据村长说，就是电，也是前年刚通的。而十年之前，这里还是完全的原始生活状态。

安排好住宿，学生们就把梁应物围了起来。所为何事，我和梁应物的心里都有数。

“我们要去人洞。”所有的学生都是一个声音。

梁应物早就料想到了这个情况，看到学生们意见坚决，也就同意了。对此我也没有什么异议，且不说这种传说不可信的居绝大多数，就算有什么怪异，不是我自诩，我和梁应物可不比常人，可以说大风大浪都见过了，难道还会在这山沟沟里翻船？

事实证明，我们确实没有翻船，可翻与未翻之间，也就相差一线而已，时至今日，我仍为当时的无知和莽撞后怕不已。

小村的夜晚非常寂静，家家户户睡得都很早。学生们白天坐了一天车，应该说有些累了，但想到从明天开始的探险，每个人都很兴奋。有些人还玩起了探险的游戏，黑夜里十几支强力手电的光柱照来照去，惹得村里的几只大黄狗狂吠不止。

兴奋过后，抱怨就一点点出现，白天出了一身汗，当然要洗了才睡，可是这里没有自来水，只好打冰凉的井水。不说打水不方便，连一个遮一遮的地方更是没有。只好由几个女生站成一圈，把男生赶开，让里面的一个洗。接下来几天也不知道能不能找到洗澡的地方，所以虽然极为麻烦，也只能将就了。

至于时时出现的不知名但出奇大的各种外形吓人的昆虫，更是不时引起一阵阵女孩子的尖声惊叫，在安静的村里传出老远。

我和梁应物住在村长的家里，村长家是二楼的房子，五年前起的，听村长说，是在山里挖出了一支上好野参，卖了好价钱，这才有钱起房子。村长把整个二楼都让了出来，两间房住了四个人。

有些事白天不方便聊，晚上就我和梁应物两个人，我和他也很久没有这样的聊天机会了，趁机问他有关X机构的内部情况。对于这个全中国没几个人知道的神秘机构，我的好奇心还真不是一般的大。

可是梁应物的口风极紧，对于组织内部的事，就算是我这个好朋友也不愿意多说。可是他说了几个最近碰到或其他人处理的案例，虽然有些环节说得很模糊，还是让我大饱耳福。

其中一个案例，竟然涉及中国传说中一种非常著名的动物“年”，虽然未曾捕获，但各种搜集到的证据，都指向这种原以为是中国古人臆造出来的神奇生物。而这种生物，又好似和人类在天地间最无法把握的世界基本构成——时间有所关联。

虽然大多数的案例都不了了之，毕竟以人类现有的科学基础和手段，就算X机构所能运用的科技要超出一般标准一大截，也还是对种种超自然或超自然最本源的现象无能为力。但是听到了像“年”这样的生物真的可能存在，并且还神奇到不可测度，已经足以让我惊叹这个世界的奥秘真是没有穷尽。

第二天六点半的时候，就被梁应物叫了起来。平时在上海做记者，如果早晨没有采访，九十点钟起床还算是早的，可这下子没法赖床，好在用冰凉的井水洗漱完毕，睡意就被将要进入神农架的兴奋所取代。

早饭是清爽浓稠的白粥，佐以极鲜的咸菜，一会儿大海碗就见了底。不用梁应物多说，大家都知道这不比平日的早饭，今天的早饭不可以随便敷衍过去，待会儿的路可不好走，所以就算是吃得最少的路云也扒了一碗半下肚。

七点三十分，一行十四人在向村长和长老们挥手告别之后，踏上了穿越神农架的征途。当然，所谓的穿越只是在神农架的一角边缘横穿过去。真正的深处，就算是最有经验的猎人在进入前也必须要有一去不归的觉悟，更勿论我们。

梁应物走在最前面，拿着指南针，并不时拿出地图对照，以确保方向的正确。十二名学生走成一个菱形队列。之所以没有走成最普通的一字长龙，是为了确保在有突发事件时，所有的人可以在最短的时间内聚拢到一起。在出发前，这些学生都接受过短时间的行军训练。

我走在队伍的偏后位置，这样基本上全队的情况都可以掌握。

脚下是积了不知多少年的树叶，我们沿着一条溪水向前走。这里并不像想象中不见天日的密林，视野颇为开阔，绿树青山流水，如果不是以现在这样的步速快速行进，其实还是蛮舒服的旅游。不过听梁应物说，按照正常的行程，我们将在今天晚上到达第一个聚居地，补充食水后，第三天开始就会进入一片原始密林，在那里面，就算是烈日当空，也透不进一点阳光来，要穿出这片密林，得足足走上四天，算是本次探险中最考验人的路段之一。

这里不比寻常的旅游区，那种地方，就算没有路也已经被游客踩出了方便行走的通道，而这里则完全是原生状态，地面谈不上崎岖，可高低起伏，时常要小心凸出地面的树根，有时还要跳过横倒在地上的枯树，走了两个小时，就算是我这个常常走路的记者，背着这么大的旅行包，脚也微微酸了起来，看看正相互谈笑却大多已经汗流满面的大学生，心想接下来的这十几天，对你们还真是场不小的考验。要知道在之前的村子，一些行李太过沉重的学生，看看形势不妙，已经纷纷减负，把一些又占地方又碍事的零食和饮料分给村里的孩子们，倒让那帮娃子们笑开怀。不过就算这样，还是有几个人背着两个包，我敢打赌，走不到三天，他们又会再扔掉一批东西。

几乎所有人的话题都围绕着今天中午就会到达的鲍家山人洞，神秘的神农架里的神秘山洞，对于年轻人的吸引力要比眼前秀丽的景色还要大，朱自力甚至已经开始把人洞和埃及法老的诅咒联系到一起。不过说归说，这些大学生却没有一点真正的畏惧，而是抱着看看西洋镜的心态，打算用所谓“科学的精神”和“科学的手段”，瞧瞧这个被当地人视为禁地的人洞究竟是一个怎样的所在。

虽然大家早饭都吃得很饱，但那些碳水化合物早已经转化为能量，在几个小时的行走中消耗殆尽。中午十一点十五分，梁应物在溪水旁一处开阔的泥地里停下脚步，让大家生火烧午饭。十几个人拾柴的拾柴，看火的看火，忙了好一阵，才把火生起来，上面架上两个盛米的大锅，至于菜，就是些在夏天不容易坏的腊肉火腿和咸鱼。

虽然菜不多，米也有点半生不熟，但所有的人都吃得很香，两大锅饭被一扫而空。之后稍作休息，探险队继续上路。

可能是因为山里人的脚力比我们好的原因，直到下午近两点的时候，我们才到达鲍家山。

这是一座小山头，约有三百米高，虽然也有植被，但没什么乔木，看起来山体还是以石头为主，向着我们的是背阴面，一道和地面约呈七十度角的陡坡。整面坡只有一个山洞，位于离山顶不远处，从下面望上去，尽管有点难度，但小心一点，还不算无法到达。

学生们的热情一下子高涨了起来，立刻就要绕道爬上去。梁应物只说了两点：一是如果实在进不去不能冒险；二是在里面不要待太长的时间，因为我们还要尽量赶在天黑前到达下一个聚居地。

真正开始爬这座山的时候，才知道有多难。虽然所有的人都已经把大旅行包堆放在一起，相信还不至于霉运到这么点时间里就被什么动物叼走，每个人只带着随身的背包，可是往山上爬了不到五十米，人人都已经满头大汗。

这里可和在什么旅游景点爬山不一样，黄山也好华山也好，山再高，路再险，好歹那还是在走人开出来的路，有一格一格的石阶让人信步而上。而爬这座鲍家山，简直比攀岩好不了多少。在之前的路程中，女生们还颇注意仪表，看到泥潭会绕过去，衣服不小心碰脏了，眉头还会皱一皱。现在这山一爬，在有些地方甚至要以近似于匍匐的方式通过，再小心谨慎，能保证衣服不被钩破已经很好了，哪里还顾得上干净。好在这次大家都有准备，带的衣服以耐磨便宜为主，梁应物其实还准备了统一的迷彩服，只是由于女生们的反对

（又厚又难看）才没有勒令她们穿上去，这回一爬山，几个衣服裤子钩破的人恐怕就要把迷彩服穿起来了。

我左手抓着一株小矮树，右手在一块突起的岩石上试了两下，确认了承受力后，双手用力，很轻快地爬过了这段较陡的区域，前面的路云和梁应物正在招手，看来接下来会好走一些。后面不时传来惊呼声，女声居多。我不用细看也知道是为什么，我刚才一路爬上来，少不了要拨开或利用一些粗壮的植物枝干，神农架这种地方，是生物的天堂，不但植物又粗又壮，昆虫也是如此，有时候推开一块石头，就会看见一条一尺长的蜈蚣游出来；晃一晃半人高的杂草，几点黑影就夹着刺耳的振翅声盘旋起来。好在每个人都擦了当地人做的驱散蛇虫的药膏，黑黑的散发出异味，其中很可能就有一些蛇虫的尸体，手脚脸脖子等部位涂一点，等闲蛇虫不会再靠近。但是换而言之，万一在这种措施之下还被攻击，多半就会含毒，必须立刻采取急救措施。

我心里却在暗暗奇怪。这鲍家山虽然没有一条正式的上山之路，可是我们走的这条路，明显要比其他地方好爬得多，与其说是梁应物眼光好，挑了一处方便上山的地方爬，倒不如说更像是一条荒废多年的上山小道。回头看一看，一路上来，除了有少数地方要注意小心外，大多数地方就是脚下不稳摔下去，也多有可抓之处，出不了人命。这人洞现在已经成了禁地，如果这是条多年前的小路，那么当年，是什么人在这里上上下下呢?

虽然说有了这条“路”，可是队伍的行进依然很缓慢。我估计梁应物可能早就开始后悔了，后悔不该同意去人洞，这下子要能在天黑前赶到下一站才怪，第一天行程上就出这么大的问题，一定让这个一切都喜欢按计划行事的人很不舒服。不过梁应物这个人是死硬脾气，心里不舒服也不会说出来，而且他从不做没有意义的事，都爬到这份上，已经不可能退回去。

所有人都站到山顶的时候，已经过了一个多小时。上山容易下山难，就算是立刻下山，回到堆放行李的地方，也得四点多。

梁应物终于发话，既然已经到了这里，不下去看一看人洞也对不起自己，可是由于时间原因，在洞里待的时间不能超过十分钟。

对此，没有人有异议。许多人到现在还气喘如牛，有些人已经开始抱怨，说早知道就待在下面看行李了。

在人洞的外面，有一块不大的延伸出来的石台，可供人落脚。而从山顶下到人洞，尽管要比刚才爬上来陡，可还是有供人抓手落脚的地方。不过毕竟这里要比刚才危险得多，万一没抓住摔了下去，后果不堪设想。梁应物找了个合适的地方，固定好登山的专用绳索。他是个做什么事都预留退路的人，连绳索也用了两根，一根松脱，还有另一根，无论哪根都足够承受一个人的重量。

我第一个抓着绳子爬下去，梁应物在上面看着绳索，最后一个下。山洞离山顶有十几米，虽然女生们大呼小叫，最终还是有惊无险，所有人都安然进洞。

Chapter 03　一条通向坟墓的甬道

人洞里相当宽畅，洞底离地面有四五米高，初看洞有近百平方米，在对着洞口的左前方洞壁，还有一个黑黑的通道，洞中套洞，看来可能还别有天地。

这里看起来没有什么异常，整个洞相当干燥，几块散在地上的大石头也很光洁，没有水印和被腐蚀的痕迹，这点倒确实有些奇怪。因为这是山的背阴面，照常理该潮湿才对，而神农架也不是少雨水的地方。不过我不是学地质的，这样的现象说不定也不算太罕见。

在所有的学生都对人洞表示失望，并要求快快探一探那个“通道”后面有什么时，我却听到身边传来一句：“有点奇怪啊。”我转眼望去，是梁应物。

“是啊，这个洞太干燥了。”我说。

“不仅这样，你注意到了吗，这里没有蝙蝠，而且，地上连杂草、苔藓之类的植物也没有。在神农架这种地方，有这样‘干净’的石洞，真是不同寻常。”

我和梁应物交谈的声音既轻且快，因为我们无法确定造成这种现象的原因，或许只是我们在白担心罢了，没必要说出来造成学生的恐慌。

“去不去？”梁应物看着前面的入口，语气中竟有着一丝犹豫。毕竟他要对这些学生的安全负责，不能冒险。

我看了一眼跃跃欲试的学生，赵刚和何运开已经拿出手电往里面照。我向梁应物苦笑了一下：“你说呢？”

“我在前，你在后，小心一点。”梁应物说。

我点头。

穿过几块横七竖八躺在地上的大石头，我跟在袁秋泓的后面进入通道。老实说，我真的感觉有些怪异。或许是村里人说的禁地让我心理上有了些阴影，总之，我觉得这里沉闷而无生机。不知道在通道的另一头，有什么在等着我们。当然，或许和刚才那块空地一样，什么都没有。

这是一条一两米宽的甬道，似乎是天然形成的，看不出人工开凿的痕迹。有的地方会忽然有一块岩石凸起，得很小心地走过去，以免撞痛。我们一个接着一个往前走，整个洞里非常安静，只有我们的脚步声。借着手电，我看到前面的女生手拉着手，我想她们是有些怕了。

甬道里高低起伏不平，忽而向上，忽而往下，走起来的时候脚上要用点力，免得人踉踉跄跄不知摔到哪里。所有的人都打开手电，强力手电的光柱很集中，笔直地照出一条光柱，但发散性比较差，加之高低起伏照到的地方有限。十四条光柱合在一起，还是觉得前方很黑。

甬道非常深，我估计走了有七八十米的距离，却听见前面梁应物咦了一声："死路？"

光柱向前照去，照在坑坑洼洼的岩石壁上。不过再向前稍走一些，就发现原来不是死路，而是一个弯道。这个弯转得非常大，和我们原先的那条甬道折成了一个锐角，转过去之后，由于角度太大，洞外的阳光已经完全照不进来，四周的黑暗和十四道手电光柱形成强烈的反差。

再向前走了近八十米，又是一个锐角的大转弯。我在心里盘算了一下，这样两次转折，就像一个三角形一样，再走下去，应该又回到和刚进来时的大石洞差不多的地方，所以多半还是个死胡同。不过这样长的由自然形成的甬道，倒也颇为少见。虽然有许多洞也很深，而且九曲十八弯，但很少有像这样走直线，再转两个非常干脆的大弯的。

甬道稍微宽畅了一些，可以容两三个人并排走了，路也平坦了一些。走在最前面的梁应物却又轻轻“咦”了一声。在这样的山腹中，他的感叹虽然轻，却依然可以被每个人听见。

我从后面用手电向前照去，立刻知道他为什么惊奇了。光柱向前射去，尽头一片模糊，幽深漆黑，前方不远，竟然又是一个大空间。我回忆了一下，刚才洞口的那个大广场，都已经细细察看过，只有一条通路，再没有第二条转回来的路。这个念头只闪了一闪，就立刻打消，单看前面的漆黑一片，就该知道和前面不是一个地方了。想必是刚才的两个转折三条甬道，上上下下，总的来说有着微微的坡度，所以前面该是位于刚才来时的石洞上方或下方的空间了。

我心里期盼着别是在上面才好。因为从刚才走的路看，如果是在上面，那么和下面那个洞之间的石壁应该没有多厚。别那么多人踩上来，忽然塌陷下去。

虽然有着这个小小的并且略有些莫名其妙的担心，但我的好奇心还是让我快步走过前面的学生们，想要快一点看一看前面的情况。这个有着相当神秘色彩的人洞里，居然有着这么长又这么特异的石甬道，而甬道通往的场所，究竟是怎样的呢？

前面的梁应物也加快了脚步，几个大步就走完了甬道的最后几米，跨入了前面的大洞，手上电筒的光柱来回扫了扫，以确定这个洞内的情况。

我一边往前走，一边也把手电筒对着那边照。但从我的角度照不到什么东西，大半的光柱都落在梁应物挺直的背上。就在这个时候，我明显地感到，他的身体震动了一下。

虽然光柱在晃动，但我想我没有看错，梁应物不知道看到了什么，居然让他的整个人都震了一下。我的心一下子抽紧。这是一个人在这样幽闭黑暗的地方，遭遇突发状况时的正常反应，重要的是，我知道梁应物这个人，涵养的功夫比我还要好很多，虽然不至于说泰山崩于前而色不改，但有着X机构工作经验的他，恐怕就是看到一头牛开口说话都不会有这样特异的反应。

这些对前面状况的分析，其实都是在我脑子里一瞬间完成的。我只要再往前走几步，就可以看到究竟发生了什么事。不过梁应物在震了一震后，立刻就做了一个动作，使我更加确信，前面有问题。

他举起了左手，那是一个阻止后面的人上来的姿势。

我想这是一种下意识的反应，因为在现在的情况下，没有人会因为这样一个动作而退回去。而且，我相信现在大多数人对于梁应物的异状还未发现。

紧跟着梁应物的是何运开，他完全没有理会梁应物的示意，不知道这个神经粗大的肌肉男是视而不见呢，还是完全没有注意到梁应物的动作。他往前走了几步，手电扫到前方某个地方，人就像被电到，一下子呆立着不动，嘴里发出“啊”的一声低呼。这是一个快速的吸气音，通常只有被吓到的时候才会发这样的声音。

大概十秒钟的工夫，包括我在内的所有人都已经进入到这个石洞中。手电筒的光柱在这个石洞里划过，“哐当”几声，四五个手电筒掉在了地上。然后是尖叫声，所有的女生在第一时间的巨大惊骇后，呆了三秒钟，然后齐齐发出凄厉的尖叫，甚至朱自力、赵刚等几个男声也大叫起来。急促的气流快速通过声带，声嘶力竭的叫声在黑暗的山洞里持续地回响着，我只觉得心脏剧烈地跳动着，我努力地吞了口唾液，让自己尽快平静下来。

手电筒光柱所及，骇然全都是白森森的人骨！

这个洞，似乎比先前那个还要大，可是洞内的大多数地面，竟全都被人骨所覆盖，不知道有多少具。顺着光柱看去，不是惨白色的骷髅头就是肋骨或蜷缩的手骨，甚至还有几具是幼童的尸骨。如此多的尸骨，不知在这里多少年，就像当年日军侵华时的万人坑。由于尸骨众多，这里又相当封闭，空气中发散着奇怪的味道，而没有被手电照到的黑暗中，也闪着点点的磷光。

先是村人们的警告，再是穿过长长的甬道，忽然看见这样一幅白骨横陈的情形，那可要比在光天化日之下，在南京看万人坑遗址可怖得多。难怪柔弱的女生们如此失控，高声的尖叫到现在也未停歇，她们拼了命地发出尖锐的颤音，仿佛要借着这种发泄方式，把心中深深的恐惧驱逐到周围的黑暗中。

在这样的情况下，我相信突如其来的恐惧，或者说是震骇，胆子再大的人也避免不了，区别只在于有的人完全无法掩饰地表露出来，而有的人还可以比较好地控制自己，并且让大脑在短暂的空白后迅速恢复思考状态。

对我和梁应物来说，看到这样的白骨遍地，可能是震惊的感觉要大过恐惧。经历过真正恐怖的我们，明白这些尸骨本身并不能带给我们伤害，而尸骨给人的恐惧，其实是人对于死亡状态的天生的恐惧，对于一些经历过死亡边缘，在修罗场里回来的人，或者对一些好奇心旺盛到连对死亡状态也有好奇的人来说，初见的震骇之后，就可以很快镇定下来。

“别叫了。”梁应物重重地喝了一声。

“就是，一些骨头而已，你们翘了也是这副样子，有什么好怕的。”何运开大声说。不过我倒觉得，虽然他的声音比梁应物还要大一些，可似乎心里还是有点虚。

“呸。”

“你才一样呢。”

何运开的话倒是起了作用，女生们一边啐他，一边也慢慢恢复了过来，至少不再发出那种将我耳膜刺激得隐隐作痛的声音。我怀疑在这样的小空间里，这些天赋高音的女性在把自己的声带叫破之前，很可能我的耳朵就先不行了。

梁应物在自己的手表上按了一下，夜光灯亮了起来。

“现在是三点四十五分，我给你们十分钟的时间，十分钟后我们返回，希望你们抓紧时间，如果你们不想今晚在这样的黑暗中走太长时间的话。当然，你们也可以要求现在就回去。”

初时的恐惧过去之后，几乎所有的男生都希望在女生面前表现自己作为一个男人的勇气和胆量，所以纷纷要求多看一会儿才走。可以明显看出，有几个人是在硬撑。我心里暗暗发笑，这样的勇气表现，其实只能说明他们还未完全成熟，对于绝大多数的女人来说，她们对这样的勇气一点都不感兴趣，她们觉得那只是男人的无聊和莽撞，完全不懂体谅她们的心思。

所有的女生都缩在洞口，没有一个愿意走到那些尸骨中去。男生则用手电的光照来照去，小心翼翼地走动着。

我站在梁应物的身边，我们两个都是有冒险基本常识的人，做出来的举动也如出一辙。两条手电光柱从洞口的左侧开始，照着洞壁由上而下扫动，并且一点一点向右移。等到移到洞口右侧时，洞内的基本情况已经看清楚。在这种陌生的环境下，要有所动作，前提是先尽可能的了解周围的情况。

洞内的空间非常大，是前一个洞的两倍多，足有四五百平方米。在洞的中央有一个小水潭，这里是不见天日的山腹，一路走进来，四周和一般的洞穴不太一样，非常干燥，虽然在山脚有溪水，可是在这里出现一口水潭，却也是极不寻常的景观，如果没有遍地的尸骨，倒是个不错的旅游之处。

和之前一路走来一样，这个洞里没有生物活动的迹象，没有蝙蝠，没有地衣。基于村人对于这个人洞的禁忌，虽然之前我并不太相信，可是看到了这满地的尸骨后，我担心洞内别有玄虚，不过很仔细地观察过之后，却也没有发现什么，只是在心底莫名有着一丝排斥感。我有着超乎常人的直觉，这样的直觉使我很容易介入到特殊事件中，也往往使我在身陷险境时可以作出正确的判断。不过现在我不太确定，我这种希望尽早离开这里的感觉，是因为这里的尸骨，还是有其他的原因。反正梁应物也说了，只待十分钟。

我小心地避开地上的白骨，走到洞中央的水潭处。这个水潭只有两三个平方，靠近水潭的地面微微有些潮湿，可是依然没有苔藓类的植物。我用手电筒对着水潭直照下去，水面非常平静，没有波动，水很清，看不到底，估计很可能也没有鱼、虾等水生物。

在我借助手电的光线，仔细看地上的那些人骨时，眉头不由皱了起来。这些人到底是怎么死的？可以看到这里有锅、碗的碎片，不远处还有铜香炉，给我的感觉，就像是这些人在这里生活过一段时间。可是这满地的白骨，看过去怕有数百具之多，就连皮肉不存的骨骼，都让人有“堆积”的感觉，尽管这里有近五百平方米，可是也不可能容纳下这么多人生活。

在白骨中，有一些的骨架极小，想必还是孩童。这样一个地方，为什么有这么多人会来，方才上山时那条似有似无的山道，是不是这些人在多少年之前踩出来的，为什么孩子也要进洞，而进了洞又为什么不出去，是饿死的，还是有其他什么死因？我注意到，有相当多的骨骼并不完整，随处可见单独的臂骨、腿骨甚至是肋骨，想到当时残肢断臂的血淋淋场面，就是我也心中一堵。

当时在这里所发生的事件，一定很不简单，就如远古神话的缘由，有少数是因为一些让人留下深刻印象或深远影响的事件，经过不明真相的人们口口相传而变得面目全非，在这个人洞里所发生的惨剧，也一定辗转流传到了附近的村落，尽管真相无从得知，可是一定有些不同寻常的凶险讯息，使此处被列为不得靠近的禁区。

越是思考的深入，我越是觉得背上凉飕飕的。距离这些人的死，已经不知有多少年了，可是事件是这样的离奇，以至于现在我站在这里，竟然有一种身处险地的感觉。我回头看了看梁应物，手电的余光打在他脸上，他的表情也和我一样凝重。

“集合了，我们准备出洞。”其实还没到十分钟，但是听到梁应物喊出这句话，包括何运开在内的所有男生，都迅速回到了洞口，不过相信回到了上海，他们一定会为自己在这尸骨洞中的表现而大肆宣扬。而女生们更是等这句话等了很久，对她们来说，大概在这里过一分钟，就像一天那么长。

梁应物不敢大意，清点了人数，确认是十四个没错，便率先转身进入了甬道。刚走了一步，他忽然回过头来，说：“每个人拉着前面人的手，万一有人掉队前面的人立刻报告。”

我心里一动，这么说来，他也觉得这个地方，不只是一堆白骨而已，恐怕他也和我一样，嗅到了不同寻常的气息。

这样的命令，如果是平时发出，一定会被男生们嘲笑，可是现在却没有人发出异议，每个人都伸出两只手，和前后两个人保持紧密联系。这一次我没有像来时一样走在队伍的末尾，而是走在梁应物后面。走在我后面的是蒋玮，冰冷的小手腻腻滑滑，全是汗，看来被吓得不轻。

“出去之后，你会把这个地方上报吗？”我轻声问梁应物。他自然明白，我所说的“上报”，可不是指上报学校。

“先让当地政府组一支考察队来，如果发现什么再看吧。”梁应物低沉地回答。

折过第一个弯，所有人的脚步都加快了一点。和来时的探险心情不同，现在大家都想尽快离开黑暗的山洞，回到外面的阳光中。虽然现在的时候不早，太阳再过一会儿也就要落山了。

“啊！”

身后传来一声尖锐的惊叫。梁应物猛地停下脚步，一瞬间，我的心被激得狂跳起来。

十几道手电筒的光线照向声音发出的地方，刘文颖脸色惨白，而站在旁边的何运开则一脸的尴尬。我注意到他的手上拿着一根白森森的东西，竟然是一根臂骨。

“你要死啦，脑子有毛病啊。”刘文颖大声骂。

这是男生最喜欢玩的吓唬女生的把戏，可是在此时此地，却非常不合适。

“不要开这样的玩笑，把东西丢掉。”梁应物语气严厉。

何运开“哦”了一声，悻悻地丢掉那根骨头。

转过第二个弯，很快就可以重见天日了。

是的，重见天日，那时我真的是这么想的，相信每个人都这么想，这样的黑暗，实在是太难熬了。

忽然，我觉得梁应物握着我的手用力地紧了紧，步伐也明显放慢了下来。

“怎么了？”我问。

“我们进来的时候转了几个弯？”梁应物问。

“两个啊。”我说，心里却奇怪，梁应物不可能连这都不记得的。

“几个弯？”梁应物一下子停下脚步，又问。这次的对象是我身后的蒋玮。梁应物的声音急促，我竟然在他的声音里听出了一丝恐惧。

“两个弯啊，那多不是说了吗，我们已经转了两个弯了，快走啊，有什么话出去再说。”蒋玮一心要赶紧出去。

“怎么了，你发现了什么？”我沉声问梁应物。如果不出意料的话，他一定发现了什么非常不妙的情况。可是他就在我前面走，好像没发生什么事啊。

梁应物没有回答，只是缓缓把头转了回去，向前看。

向甬道的出口处看。

“天哪，怎么可能……”袁秋泓失声叫了起来。

我不用听她接下去说的话，在她叫出“天”的同时，我已经知道了哪里不对。

光。

没有光。

已经转过了两个弯，前面应该就是甬道的出口了，现在是四点左右，还有充足的阳光，外面的那个洞应该还是比较亮的，所以甬道里也该有点光线。

可是没有。前面除了手电的光线外，黑漆漆一片。

“所有人关了手电。”梁应物下令。

十四道手电的光在三秒钟之内就灭了，然后，所有的人陷入黑暗。

绝对的黑暗。没有一星点的光。

梁应物重重地出了口气，再次拧开手电。

“我记得进来的时候路高低不平，或许是因为这个原因挡住了光线？”袁秋泓说。

这次不用梁应物回答，已经知道这一回凶多吉少的我说：“你记得没错，可是上一个弯转过来，我们已经走了近二十米，你觉得这条路还和原来一样高低不平吗？”

说出这句话的时候，我的声音也有点抖。如果我的感觉没错的话，这条已经不是我们进来的路了。

前面漆黑一片，到底通向何方？

“说不定外面忽然下雨，神农架的天气说变就变的，一下雨不就没光线了？”朱自力说出的理由，大概是我们最后的希望了。可是路已经明显不同了，这个理由说得通吗？

安静得可怕，所有的学生，在这一刻都不知所措，如果说之前的白骨，让恐惧在每个人的心中埋下了种子，那么现在这颗种子已经发芽，紧紧地缚住所有人的心脏。我知道从小在科学的环境中长大，自认为一切都可以理解可以掌握的人，第一次陷入无法解释的困境中会有什么反应，我曾经经历过，而这些学生，说到底还是孩子，连我和梁应物都一时无措，更别提他们了。

Chapter 04　死循环

“往前走，还是退回去？”我问梁应物。

“先退回去吧。”梁应物思考了片刻说。

“退？”我有些迟疑。

“大家向后转，先回去，走的时候慢一点，手电仔细照一下两边的洞壁。我们可能走到岔路上去了。”梁应物此话一出，所有的学生都出了口气，岔路，这是唯一的解释，我想他们一定都同意梁应物的猜测，一定是不知不觉中走错了路，或许有一个难以分辨的岔路口，或许白骨洞那儿其实有两条甬道的入口，我们一时不察走错了。

岔路啊，这样的解释，虽然听似合理，但可能吗?

以我对梁应物的熟悉，当然知道他是个绝对理性的人，尽管进入X机构有好几年，遇到过甚至比我还多的超自然或超出一般人类想象的事件，但是他始终是以科学的、理性的态度去对待，相信这也是整个X机构对此类事件的态度。抱着这种态度，无论碰到什么状况，都要有严密的分析和逻辑推断支撑，不放过任何细节。所以梁应物现在才会说退回去，看看是不是走到了岔路上。只不过我相信尽管嘴里这样说，他心里对自己说的话所抱的希望，绝不会超过万分之一。

如果是甬道里有岔路，怎么来的时候没发现，回去的时候也没发现，要走错十四个人一起错？如果是白骨洞里有两个通路，则更不可能，先不说大家都没发现有两个通路，而且女生们压根就站在进来的甬道口没有动过，有这样清晰的坐标，怎么可能搞错？

我有九成九的把握，我们已经陷入麻烦了。

回去的时候，不约而同的，每个人都放缓了脚步。一个弯，再转过一个弯，前进的速度越来越慢。十四支手电在周围的石壁上作地毯式的搜索，终究还是回到了原先的白骨洞。

尽管这一切都在我的意料之中，但还是让我的心情颓丧。等到那些学生几乎是用手围着这五百平方米的大洞摸了一圈，最终还是回到了甬道口时，几个男生已经无法按捺自己心中的惶恐，破口大骂起来。

“看来，只有往前走了，虽然不知道会通向哪里，但总比待在这里好。”梁应物立刻作出了下一个决策。经验告诉我，既然来路已经令人无法理解地消失了，那未知黑暗的另一头，毫无疑问隐藏着危险。梁应物当然不会不知道这一点，但除此之外，我们似乎已经没有更好的选择。

学生们的手电依然仔细地照着两边的石壁，徒劳地想要找出并不存在的岔路，结束这一场噩梦。而我和梁应物则把注意力放在了前方的黑暗中，手电在前方的黑暗里投出两道不断交错的光柱，我紧紧盯着那里，那是最有可能发生危险的地方。

转过第二个弯了。所有的学生开始祈祷，祈祷这条就是进来的路，祈祷在路的那一头就是出口，只不过因为下雨而使阳光照不进洞来。

我一步一步向前走，脚下的路平坦依旧。我心里清楚地明白，这，绝对不是进来的那条路。

我已经隐隐约约看到出口了，相信梁应物也看到了，因为他把原先就缓慢的步伐进一步放慢了，每前进一步都小心翼翼，并注意着两边洞壁的反应。在这种未知的神秘环境中，任何平时觉得没有问题的地方都有可能忽然发生状况。

随着离洞口越来越近，我的眉头渐渐皱了起来。一个不好的预感在心里一点点成形，不会吧，难道说，竟然离奇到这种程度？

走出洞口的一瞬间，我一阵眩晕。我那该死的直觉总是在非常糟糕的时候发挥作用。即使是梁应物，看到眼前的情况，也仿佛失去了说话的能力，呆呆地站在那里，不知道该对从后面涌上来的学生说什么。

什么都不用说了，因为没有人可以说清楚，这到底是怎么一回事。我们居然又回到了洞里，从白骨洞出发，走了一百多米，当中转了两个大弯，然后，就像画了一个三角形一样，最终又回到了白骨洞里。

用笔在纸上画三角形，笔尖在最后还是会回到原先的那个点上，可是在这里，在这个现实中的山洞，我们一直在向前走，没有岔路，没有第二个洞，怎么可能又回到了原处？

山洞里一片寂静，每个人都可以听到自己的心跳声，除此之外，就是旁边同伴重浊的喘息。

“鬼……鬼打墙了。”费情缩在卞小鸥的怀里，颤抖着说。

何运开的气息越来越粗，他喃喃自语：“不可能的，怎么可能呢，两个一样的山洞，不行，我要再走一次。”他忽的一个转身，一个人跑进了甬道。

“何运开，回来，别一个人去。”梁应物急忙喊，可这个时候，何运开又怎么听得进他的话。

梁应物连忙跟着跑进了洞，我紧跟着他也跑了进去，在我后面，所有的学生也跟着跑。

两个弯很快就转了过去，等到我们又跑出甬道时，手电筒照到的，依然是满地的枯骨。还是白骨洞，何运开蹲在洞口不远处，双手抱头，手指抓着自己的头发。

我的眼睛从面前的枯骨上慢慢扫过去，心里不由得冒出了这样的念头：这些人，莫非就是困死在这儿的？当年，他们也是走了进来，然后发现再也走不出去了？

“人洞”，这样的名字，莫非是因为，这是个人进去了就再也出不来的洞，是个吃人洞？

“大家镇定，不要慌，虽然我们遭遇到了非常特殊的情况，但如果一乱，只会使事件越来越糟糕。”梁应物的话并没有起多大的作用，恐慌已经不可避免地在这些年轻人中间蔓延了。

“大家听我说，我们还有希望，你们要知道那多并不是一般的记者，他以前曾经经历过比这更奇怪更凶险的事，对这类事件非常有经验，有他在这里，我们一定可以找到出去的办法。”

我算真正领教了梁应物的手段，真是为求目的什么招数都用得出来，自己X机构的身份不能曝光，为安抚学生的情绪，就把我出卖了。

可是在这样的情况下，找到一个可以依靠的人显然非常重要，梁应物这样一说，无疑让我系众人期望于一身，千斤重担一人挑啊。

这话一出，所有的学生都望向我，手电的光线下，大家的眼睛里满是希望。

没办法，我只好硬着头皮接过梁应物的话：“是的，我确实有一些此类的经验，其中最重要的一条，就是不管碰到了什么，都要镇定，然后用理智去分析，尝试一切解决问题的可能。”

尽管我的话里一点实质性的东西都没有，学生们还是稍稍镇定了下来。

“大家整理出一块空地来，检查一下随身的行李，然后把水和食物都拿出来，堆在一起。”梁应物看到大家已经可以听得进话了，立刻发出了实质性的指令。

许多学生在照做之前，都看了我一眼。我点了点头，在这样的情况下，我居然还可以在心里微微有点得意，真是有点佩服自己。

大家用脚把旁边的白骨踢到一边，整理出一块大概有六七十平方的空地来。我把背上的背包解下，坐在地上打开背包，借着手电的光线，查看包里有什么可能在这种地方派得上用处的东西。

长时间使用后，手电的光线已经弱了不少，我心里苦笑，原本还笑那些学生带了太多的零食，可现在不知要多久才能脱困，看起来多半我包里有用的东西是所有人中最少的。好在我这里还有一段登山专用的尼龙绳，一把短刀，此外，一个红外线的夜视望远镜没准什么时候也会有用。

我把包里的东西一件件拿出来，再用手电筒仔细地照包里的角角落落，看看有什么东西漏了，打开前面的拉链，我发现还有两节大号电池。我心里一震，忙把电池拿出来，塞进口袋里，大声对梁应物和其他人说：“从现在开始，大家要节约手电，谁有备用电池先统计一下，大家在整理完东西后，保留两支长明手电，其他全都关掉。”

说这句话的时候，其实已经晚了，所有人的手电光线都和我的一样，已经呈现出黄色，而不是最开始的强力白光。在这个洞里，如果没有了光，那可是真会让人发疯的。

“大家看一下，如果有可以燃烧的东西，包括打火机，也放到一起保管起来。”梁应物把自己的手电关了，补充说道。

集中起来的食品有一大堆，可是其中的大部分都是膨化食品，虽然味道很好，却一点都不管饱，饼干只有七八盒，其中最管用的一盒压缩饼干是梁应物贡献的。其他还有两个方腿和几根肉肠。饮料有牛奶、酸奶和可乐等，关于这些我倒不是太担心，虽然人缺了水能坚持的时间远比缺食物少，但如果那口水潭没问题的话，就是无限的水源。

午饭吃得早，运动量这么大，现在我的肚子已经开始叫了。本来带的食物远不止这些，但大多数都和大件行李一起，堆放在山下了。

“快把手电关了。”我看到大多数人居然还磨磨蹭蹭，没把手电关掉，等到手电没了光，看他们怎么哭去。在这里，真正是只有有光，才有找出关键所在，成功走出这个“人洞”的可能。

“朱自力和何运开拿着手电，保持周围的警戒，其他人快关了。”在梁应物的催促下，很快整个山洞里只剩下两道昏黄的光线。与这两道光比，四周地上的人骨发出的磷光，倒更显眼些，只是想到这些磷光背后代表的东西，每个人的心都冰凉。

“见鬼。”我忽然骂了自己一句，从腰间摸出手机来。震惊之下，怎么连这个也忘了，只要能和外界保持联系，找到出去的办法总该没有问题吧。

看到我把手机拿出来，所有的人都醒悟过来，纷纷拿出自己的手机，连梁应物也不例外。照理被困后的第一反应该就是拿手机和外界联系，可是这次的被困实在太不寻常，平时再冷静的人，如今竟也失了方寸。

我的手机是诺基亚8210，前两年的机型了，但一直很好使，我又没有频繁换手机的兴趣和财力，便一直用到现在，昨天在村里的时候，我还和报社通了个电话，信号还可以。

可是现在再看闪着荧光的屏幕，左边的四格信号标志，如今竟一格也没有。

我原该想得到，本来神农架的手机信号覆盖就不充分，在这样的山腹里，没有信号更是非常有可能。希望一个个被打碎，握着手机的手指也不由用力握紧，指节处握得发白。

我还不死心，拨出上海的报社总机号码，屏幕上显示正在拨出中，但很快就跳掉了。

“没信号。”虽然我的声音不响，但足以让每一个人听到。抬起头来看看大家的表情，手机微光映照着的年轻脸庞，每一个都极其严峻。

“我也没有。”

“我也没信号。”

十四门手机，不管是摩托罗拉诺基亚三星还是号称“手机中的战斗机”的波导，全都没有信号。

最先进的科技，在这个原始而凶险的地方，全然失去了作用。我拿着手机在洞里走了好几圈，试了无数个方位，还差点被一根大腿骨绊倒摔在死人堆里，屏幕上的信号标志，还是一格都不露面。

“要再走一次。”我放弃了对手机的努力，向着甬道的方向，对梁应物低声说。

“你想到了什么？”梁应物问我。

我摇了摇头，却想起黑暗中他看不见我这个动作，于是说：“没有，可是，我们一直在往前走，每一步都是自己迈出去的，不管怎么绕，没道理会再回到原点。虽然转了两个弯，但这和沿着一条直线走的概念是一样的，向前走出几百米，怎么会又忽然回来了呢？这一回，和我从前碰到过的事不太一样，以前不管事情怎么怪，但我总想得通，那背后一定是有个说得通的理由的，尽管那个理由可能远远超越普通人的理解。”

“我知道你的意思，这和我的感觉一样，从前的事件，就像是一团乱线球，我可能看不清线的纹路和缠绕方式，也看不见线尾，但总可以找到线头在哪里。可现在，我就像对着一个乒乓球，光溜溜的，连下嘴的地方都找不到。”

“对，就是这个感觉。所以，问题一定出在甬道里，特别是那两个转弯的弯道口，那里多半有古怪。”

任何事情，都会有关键的那一点，找到那一点，虽然未必可以将问题迎刃而解，但至少可以知道该往哪儿用力使劲。

现在，我和梁应物都认为，那关键点一定就在甬道内。俗话说久病成良医，我和梁应物怪事经历多了，都相信自己有那么一点直觉，仔细地再走一遍，相信可以找到解决问题的蛛丝马迹。

在叮嘱了学生们小心四周的突发情况之后，我和梁应物又一次走进了甬道。不用看，我都能感觉到黑暗中，身后那十二双期盼的眼神。他们一定希望我这个听说经历丰富的记者，可以帮他们脱离这一次的难关。

很快，我就意识到，自己真的是太自信了。这个世界，实在是有太多无法理解的事情。

我已经把自己的感觉发挥到最灵敏，每走一步，都顺着手电的光柱，用心地看周围的变化，我甚至用心地感觉四周气流的变化，聆听每一丝微小的声音和分辨气味的不同，每到转角，更是不放过任何一个角落，还来回走了几遍，而行进的每一步，我都确保踩得扎扎实实，一只脚迈出去，等完全踏在地上，另一只脚再离地。山洞里要比外面凉得多，但我依然很快就衣衫尽湿。相信梁应物也和我一样，用尽了所有的心力，想找出这甬道的破绽。

我们一步一步走出了甬道，迎接我们的是两道手电的光柱，后面是十二双期待了半个小时的眼睛，还有白骨。

又回来了，我们什么都没有发现。就像不知不觉间通过了一扇空间转移的大门，自己却一无所觉。

何运开和朱自力拿的手电，光芒又暗了一些，看来要不了多久，就要没电了。

所有人的眼睛都直直地盯着甬道，握着手电的手颤抖着，晃动的光线更使甬道口看起来莫名的妖异。我相信许多人都想再去试试看，如果是在别的地方，人一定会再做很多次徒劳无望的努力，才会彻底放弃希望，可是在这里，在黑暗中，那个甬道使人产生的恐惧，竟然让人连试一试的勇气都生不出来，宁愿停留在这个满是白骨的洞里。因为就连我也相信，这个甬道既然能让人走不出去，很可能也可以让人走不回来。

“你对学生说些什么吧，现在需要安抚大家的情绪。”梁应物对我说。

“说什么啊，你说说什么，连我们都没有办法，还能说出什么来。至于安抚情绪这种事，你最擅长。”

梁应物叹了口气，沉默了片刻，开口对大学生们说：“同学们，我想大家都已经明白，我们被困住了，原因不明。总之我们暂时走不出去。从目前的情况来看，我们的这种困境，似乎不太可能是人为的，而是这个‘人洞’在起着神秘的作用。我相信事情一定有解决的办法，只要我们这十四个人在一起，齐心协力。我们都受过高等教育，应该相信自己的知识和能力。今天大家已经很累了，所以先休息，明天早晨开始，我们详细分析讨论目前遭遇的情况。今天晚上大家也可以想一想，有什么可能性会造成我们现在的处境。”

我承认梁应物是个好老师，在这样的情况下，还可以照顾到学生的情绪，尽可能地使他们不要悲观绝望，集合起众人的力量以求突破难关。可是在我的心底里，一点都不乐观。

我同意梁应物的观点。照目前的情况看，似乎不太可能是有什么人故意使我们陷入到这样的困境。但这样反而糟糕。如果是人的话，再怎么先进的技术，总会有破绽，有马脚，有线索可寻，人是会犯错误的。可是如果没有人的因素在里面，只是单纯的这个洞的古怪，那就几乎无懈可击。

人类破解自然的一个奥秘，需要许多代人的知识、经验和智慧的积累，绝没有一蹴而就的先例。如果这个洞的现象，代表着一种新的知识，新的规律，那么凭我们这十四个人想要破解，这是连奇迹也无法做到的事，如果真的可以发生，那只能称之为神迹了。要知道，我们并没有时间，我们的食物有限。

梁应物继续说着："现在颁布几个临时规定，如果大家想出去的话，就一定要遵守。一，从现在起，限量供应食物，每人一天供应一次食物，原因不用我多说了吧；二，晚上睡觉时，所有男人轮值，每一轮两小时，每晚四轮，从我和那多开始。另外还有一个建议，建议大家不要随意单独进入甬道，那里一定有古怪，只是我们现在还不知道那是什么。"

黑暗中，除了手表，没有其他东西可以当做时间的标志。到了晚上七点多，照射四周的手电筒光柱，只剩下一根。那并不属于之前何运开和朱自力的任何一支手电，那两支手电已经没电了。现在亮着的，是路云的手电。

在五十平方米居住区的外面，搭起了一个简易的厕所。没有其他的材料，唯一可用的，只有人骨。用人骨堆出来的隔离墙，在后面方便的时候，蹲下去，对着自己的是好几个骷髅头，和人身上各种各样的大骨。在垒这道墙的时候，朱自力和卞小鸥的手在发着抖。这将是他们很多人今后上厕所时的噩梦，如果还有以后的话。

其实，什么地方都是一片黑暗，随便跑一个地方上厕所，都不会被人看见。可是一来女生不习惯，更重要的是，所有的人，包括我和梁应物，都希望在上厕所这种相对单独的处境中，可以有一道手电照着自己的位置，心里安定一些。

没有人有聊天的兴致。朱自力曾打起精神，和大家讲鬼故事，可是只讲到一半，就说不下去了。他自己已经脸色惨白，被恐惧牢牢抓住心神，这鬼故事怎么还说得下去，只怕没等吓到别人，自己的心脏就已经受不了了。

我不停地看表，时间从未过得像现在这么慢。每一分钟都那么难熬。到八点多的时候，大家就开始睡觉了。

每个人的衣衫都很薄，没睡的时候，已经有点冷，只是心思被恐惧占领了，才不太觉得。一躺到地上，冰冷的地面就让人一抖，然后阴寒的山气直逼上来，冷得直打哆嗦，几乎躺不住，还怎么睡得着。没有办法，五个女生抱成一团，男人们也拼命挤在一起，一来聚热，二来壮胆。

我是第一个值夜的，两个小时，比两天还长。四周寂静，隐隐传来女生的抽泣声。好在两个小时守下来，没什么异常状况发生，当然，在那手电筒照不到的大部分的黑暗区域中，或许无声地发生着什么，也未可知。

大约快十一点，我把梁应物叫起来接替我。

等到梁应物值完两小时，躺到我身边的时候，我还没有睡着。这里，实在太阴冷了，处处危机的地方，要安心睡去，谈何容易。我心里不断想着今天进来时的情景，从外面的洞进入甬道，然后到白骨洞，然后几次折返，像电影一样，一点点回放。我想努力整理出些头绪，却最终还是一团乱麻。

唯一回想起来有点印象的是，在第一个石洞的时候，就已经稍稍感觉到有点异样了，这种异样的感觉到底是从哪里来的，如果可以想到，或许就有希望了。

“这些人，像是清朝的。”察觉了我没有睡着，梁应物躺在我身边轻轻说。

“清朝，你说这些人骨？”

“我看到几块没有烂干净的衣服布料上的图案，还有，我看到了一些扎辫子的头绳。”

我不由暗暗佩服梁应物的观察力，这些我都没有发现。

“我还有一些发现，我推想，推想……”

梁应物的语音忽然低沉了很多，并且欲言又止。

“什么？”我追问。

“算了，慢慢再说，先睡觉。”梁应物出人意料地回避了我的追问，不管我再怎么催促，竟自顾自睡了过去。

“见鬼。”我暗暗骂了一声，也只好努力培养睡意。

Chapter 05　黑暗中的实验

我不知道自己是什么时候在一片冰寒中睡过去的，也不知道自己是什么时候醒来的。

一个人从混沌中恢复神智的时候，心灵最软弱，当昨夜的种种重新涌进我的脑海中时，我不由在心里暗暗祈祷，所有的一切只是一个梦。但我睁开眼睛的时候，周围依然是掺杂着微弱手电光线的黑暗。

我看了看表，才五点不到。

我缩了缩身子，我想我是被冻醒和饿醒的。食物有限，昨天晚上我并没有吃东西，就是今天，也只能吃一顿。这种饥饿感，将维持到我们脱困，或者死。

我睁着眼睛，细细思索，睡了一觉后，冰凉的石地虽然让我清醒了一些，可是就像昨天梁应物说的，整件事和一个乒乓球一样，完全不知道该从何处着手。至少用想的不行，要多走几遍看看。

可是回想起来，昨天一进入甬道，就再也找不到出来的最后一段路。难道这是一条单向不可逆的路，还是说，在不知不觉中，我们触动了什么，才引发变化？

我苦苦回忆，昨天一路走来，并没什么特异之处，只是进入甬道之后，因为地形特异，所有的人在行进时都很小心，真有什么奇怪的地方，当场就会发现，现在事后回溯，却也没什么用处。

进入甬道之后想不出，那么之前呢？外面那个看上去平淡无奇的大洞，也是在被列为禁地的人洞范围之内啊。

想到那个大洞，我不由心里一动，似乎隐隐约约，想到了些什么。

在那个大洞里，特别是准备进入甬道一探究竟的时候，我就已经感觉到了一丝不一般的气息，可是那样的感觉，到底从何而来？

我闭上眼睛，细细回味大洞里的情形，终于想到为什么会有奇怪感觉。

是石头。

那个大洞的地上，有一些大石头，有十几二十块的样子，每块都至少有几百斤重，东一块西一块躺在地上。原本在石洞里有石头，并不会让人有多大的突兀感，可是现在仔细琢磨起来，这里又不是钟乳石洞，不会有石头从洞顶掉下来，就算是从洞顶风化落下，也不可能这么大这么完整，还有这么多块。而这些石头，好像正是分布在甬道周围的。

对，就是在甬道口的周围，要进入甬道，所有的人都会从这些石头中走过。而我当时就是在这些石头中走的时候，有奇怪感觉的。

可是这些石头，和甬道走不出去之间，有什么样的关系呢？难道说我们走不出去，还会和这些在甬道外的石头有关不成？我深入思索之后，不由得自己也觉得有些牵强。

困住人的石头，不会是阵法吧？

古老的东方文化中，所谓的阵法，其实分成两个不太一样的种类。一个是军队作战时用到的阵法，其实是通过把兵排成某种队形队列，以达到撕裂敌人的战线，或诱惑敌人深入等目的，只要平时士兵常常练习，战场上将领灵活运用，就可以发挥出巨大的战斗力。许多阵形，经过演化，就是在现代战争中，也可以见到。

另一种阵法，就玄奥得多。相传诸葛亮困住陆逊的八卦阵就是其中之一，这种阵法，按照天上的星宿排列和易经里的坎离乾坤布置，常人进去会产生幻觉，走不出去。这样的阵法，尽管在传说和小说中时有出现，但现实中，我还从来没有碰到过。难道这一次，就撞上了？

可是细想之下，还是不对。如果那些石头是一个阵的话，我们并没有被困在这个阵里，而是通过了这个阵，进入了甬道啊。

正在想着石头和甬道之间是否可能有所关联，躺在身边的梁应物忽然一动，然后坐了起来。我睁眼看去，只能隐约看到一个黑糊糊的轮廓。那支手电的光太弱了，看来不久就会完全熄灭。

我正想开口和梁应物说话，他却站了起来。我一愣，看他行走的方向，是临时搭起来的人骨厕所。

在这个绝对安静的洞里，就算是女人小解，声音也能听到。男人小解，尿水冲击人骨的声音，隔着十几米，也一样听得清清楚楚。

梁应物解决完，却没有走回这里继续躺下睡觉，而是走过我身边，直向前去。那是甬道的方向。

我微微支起身子，拿着电筒值班的是卞小鸥，他坐着，左手的电筒靠在地上，右手支头，多半是撑不住睡过去了。而那一边的梁应物，没有回来的意思，好像进了甬道。

这家伙想干什么？联想到昨天晚上他欲言又止，我肯定他发现了什么。

我翻身起来，其他人依然不发声地睡着，也不知醒来了没有。

带上手电，我追着梁应物进了甬道。手电的光柱照过去，发现他的姿态怪异到了极点。我的心一突，他这是怎么啦？

梁应物身子紧挨着甬道的右边，正一点一点向前挪动。不是走，而是挪，而且他竟然没有使用手电。我手里手电的光柱照在他前方的路上，他居然一点反应也没有，照样一点点往前移去。身体姿势之奇怪僵硬，就像在梦游一般。

我心里一震，快步追上他，近了才发现，他的手正紧贴着石壁，就像一个盲人，以手代眼向前走。我顾不上许多，用力一拍他的肩膀，同时在他耳边低喝了一声“梁应物”。

梁应物身子一抖，回过头来，手电的光线照在他脸上，看起来并无异状。

梁应物一把将手电推开，骂道："你吓什么人啊。"

"你在吓什么人啊，刚才你在干什么？"我反问。

"我正试着排除视觉的干扰。"

"视觉的干扰？"我不解。

梁应物转身退出刚走了没几步的甬道，我也跟着退了出来。

并不是只有我和梁应物两个人起得早，刚才我的一声低喝，虽然不太响，可是在这样的环境里，显然还是被别人听到了。学生那边爬起来一个人，朝我们走过来，到划定的生活圈边缘，犹豫了一下，还是决定到我们这里看看到底怎么回事。我用手电晃了一下，是路云。值班的卞小鸥却居然还没什么反应。

"怎么了？"路云细细轻轻地问。

梁应物示意我熄了手电，说："我正在和那多想出去的办法。"

他顿了一顿，却问我："那多你说，我们为什么走不出去。"

这是个最难解的结，我在脑子里整理了一遍，谨慎地说："这是最奇怪的地方，相对比较合理的解释，是在甬道的某个地方有一个空间折射口，就像可以折射光线的镜子一样，我们一通过就个镜面，就开始走回头路，最终再次走回来。但这个解释是我想象的，一点依据也没有。我从前曾听说过自然界有时会产生时空的弯折地带，那样的地带里，会有一些传送点，把走进去的人或动物传到另一处，可是我们的情况，用简单的空间传送来解释，是说不通的，因为我们走得很流畅，一点也没有被传送的感觉。在行进的过程中发生不让当事人觉察的传送现象，就是我也无法进行这样夸张的想象。所以我只好杜撰出一个空间反射镜面。"

这一大段话我说得断断续续，一点都没有底气。连我自己都不会相信，我会这么有预见性，随便一个推测就会正中红心。可是目前我只想得出这样的推测，更要命的是，就算事实真的接近我的推测，如何解决，仍然一点谱也没有。

梁应物沉思了片刻。我可以清楚地听到自己的心跳声。

像这样的讨论，如果是平时，讨论的双方一定兴致高昂，说到关键处，眉飞色舞甚而配合手势都是常有的事，可是你完全无法想象，在人洞里，在这种如果没有几十步外微弱的手电光线和四周的点点磷火就是绝对黑暗，并且连风和流水的声音都没有的地方；在这种就算是再熟悉的人站在对面，都因为无边的黑暗而鬼气森森的地方进行这样的讨论，和平时会有多大的区别。时时刻刻，我都可以感受到来自黑暗的压力，这种压力的来源是恐惧，这种恐惧的来源是无知，就算我用尽目力，都没办法看清楚梁应物和路云的面目，更勿论黑暗深处的东西了。

好在梁应物沉默的时间并不太久："你的想法很新奇，我没有想到过，可是空间传送这一节，我也考虑过。你的想法和空间传送有一个同样的致命缺陷。"

梁应物顿了顿，我知道他要说什么，于是叹了口气说："你是不是想说，为什么我们一点感觉都没有？"

我看见梁应物的头动了动，应该是做了个点头的动作："是的，一个让脆弱而敏感的人类一无所觉的反射点，居然可以流畅到让十四个全神贯注的人类无法发现一瞬间开始走回头路的反射点，一个让十四个人类在确认行进途中前面和后面的人没有忽然消失等异状的反射点，就算用尽你的想象力，你认为会有多大的几率？"

我无法回答，我的推论是建立在我自己的想象上的，而梁应物的反驳则是基于我们十四个人，其中也包括我自己的感知能力上的。如果我拒绝梁应物的反驳，就等于完全抹杀自己和周围人的感觉判断能力。事实摆在那里，我们来回走了几遍，每个人都全神贯注，可是没有一个人发现一点点异状，更不用说自己发生位移这种大状况了。

自己的猜想被推倒了，我心里却反而生出了一丝希望。梁应物这样问这样说，显然他有着自己的想法，和我不同的想法。

果然，梁应物说："我想了很久，我们没有办法从外界找到哪怕是一点点的奇怪痕迹，所以，假设由此推断，其实外界并没有问题的话，那么问题……"

"问题在我们自己？"路云脱口而出。

我心里一动，想到了那些有点奇怪的石头。

"是的，我猜想，如果是我们自己的感知出了问题，有一种未知的力量影响了我们所有人的感知能力，至少混淆了我们的视觉，让我们走了回头路，自己却以为一直向前走，这样说，倒还解释得通些。"

"感觉被影响了？"我思考着梁应物提出的解释，同时，把我对之前那些石头的怀疑说了出来。

“嗯，如果真的是我们的感觉被影响，那么基本可以肯定，这是一次非自然的事件，虽然多半不会是针对我们而来，只是由于我们的好奇心让自己身处险境。所以，那些石头，或许真的是一种阵法也说不定，自从我们进洞开始，就已经陷入了阵中。”有了我新提供的线索，梁应物的语气肯定了一些。

回想起梁应物刚才的动作，联想到他说的话，我终于明白了他刚才在干什么。

“刚才你是不是闭着眼睛，想单靠触觉沿着一边的石壁走出去？”我问。

“是的，”梁应物肯定地回答，“如果甬道本身没有问题，出问题的是我们的感觉，那么摸着石壁前进，应该就可以走出去。”

“我们一起试，你摸左边，我摸右边。”我说。

“好，”梁应物同意，他转头对路云说，“你就在这里等我们，这样子走一遍，无论出得去出不去，时间都会比较长，如果有同学醒过来问起，你就把我们的情况和推测说一下。你们放心，如果我们走出去，我会让那多在洞口联系外界，我再走回来。”

路云忽然抓住我的胳膊，声线微微颤抖：“你们……你们一定要回来啊。”

我的心脏剧烈跳动了几下，我知道她的意思，她并不是怕我们出去以后不管她们，不再回来，而是怕我们走进这个漆黑的甬道之后，出不去，也再回不来，就此消失不见。在这种地方，谁也无法排除这样的可能性。

我曾经试过闭起眼睛走路，夜晚走在回家的路上，闲着无聊，就会闭起眼睛，在黑暗中走上一段路。可是通常走不到二十步，就把眼睛重新睁开。尽管我明知道前方没有人也没有车，更不会撞到墙，可是还是无法控制自己地把眼睛睁开，这是人的本能，无法长时间在未知的情况下前进。

我以为摸着洞壁走，有所依托感觉会好些，而且已经在黑暗中待了那么长的时间，暂时闭上眼睛，杜绝手电的微弱光线不会太难，但走出三十步的时候，我就知道错了。

石壁摸上去冰冷而粗糙，一个晚上睡下来，我本已经冰寒入骨，现在更是微微地颤抖起来，额头的冷汗已经沁出。在这个把出口吞噬掉的石洞里，闭起眼睛走路，把赖以发现危险的视觉抛弃，心中的无助感每走出一步就越发地强烈起来。

我摸着石壁的手越来越用力，前进的速度却越来越慢，我甚至感到羞愧，这就是我，一个见多识广并且自诩有着探险精神的人吗？可是，如果是普通人，我想走不到一百步，就会睁开眼逃回去了吧。

或许在平时，我闭着眼睛沿着墙走，尽管或多或少也会有些失去视力而产生的心理障碍，但绝不会有“坚持不下来”的感觉。而在人洞里，那几百具白骨就在不远处森森地闪着磷火，老实说我真的很担心，会不会把手摸到一具活骷髅上去，又或者在向前走的时候，背上突然被一只不知从什么地方冒出来的手轻轻拍一下。

“你还在吗？”转过第一个弯的时候，我实在不堪黑暗和未知给我的沉重压力，我一直听到身边有着沉重的脚步声，知道梁应物还在旁边，可是如果两个人一边走一边交谈的话，对于舒缓压力很有好处。至少可以让我确认，在黑暗中真的有一个人和我一同前行。开口说话，应该不会影响这次实验吧。

“在。”梁应物回答。听声音传来的位置，好像比我还要稍后一些。

原来他走得比我还要慢啊，这至少说明，梁应物心里的恐惧不会比我少。

“你那边有什么异常吗？”其实梁应物离我也就几米远，有什么异常我还会不知道，但总要找些话来转移注意力，这样沉重的压力，精神承受力不好的人，恐怕一遍甬道摸下来，就算出得去也得去看心理医生了。

“没有，你呢？”

“没有，第二个弯口应该快到了吧。”

“还有段路吧。”

“那个……”我忽然想到了一件真的要问他的事，“昨天你没有说出来的那个发现，是什么？”

……

梁应物没有回答，如果不是他的脚步声依旧在我耳边响着，我几乎要怀疑他出了什么事。

到底他发现了什么，这样讳莫如深。

“我发现那些白骨，那些人死得有点奇怪。”声音明显从我身后传来，看来一听到我的问题，梁应物前进的速度就瞬间慢了下来。

“死得有点奇怪？他们不是饿死的吗？”我也放慢了挪动的步伐，心里涌出了不妙的感觉。

“或许把死因归结起来，可以说是缺少食物，但其中有些人，或许是大部分人，死因却不是饿死那么简单。”

“不是饿死，那是怎么死的？”

“你应该也注意到了，大多数人的尸骨，是不完整的，地上甚至到处都散落着腿骨、臂骨和肋骨。”

“你是说，他们是被杀死的？”我揣测着梁应物的意思。

“我昨天捡了几块零星的散骨看了一下，有两块，上面有一些痕迹。”

“痕迹？”

黑暗中，我听见梁应物的呼吸声急促起来。

“我想，那是牙齿的痕迹。”

我张口想问，话到嘴边，却忽然知道了梁应物的意思，一时间只觉得浑身的寒毛一根根竖了起来。

“吃人？”我的胸口就像压了块千斤巨石，喘不过气来。

“是的，我想当初他们也像我们一样出不去，又没有食物，就相互残杀，胜利者把失败者吃掉，只是，最后也不过多活几天罢了。”

我努力消化这个消息，怪不得昨天他不在学生旁边告诉我这件事："还是不要告诉学生这件事，他们承受不了的。"

"不，"梁应物的声音冰冷，"我怕他们知道之后，会有不该有的念头。"

我的身子一震，会吗，他们还是学生，还是孩子。可是在这样的生存关头，人的劣根性和残酷会彻底暴露出来，如果让他们知道有先例的话……我艰难地咽了口唾液，只觉口中干涩无比。这个时候，我触到的石壁开始弯曲，我走过了第二个弯道。

我们是不是可以借着触觉走出去，就看这最后的一段甬道了。

我和梁应物不约而同地加快了脚步。

是脱困，还是重新陷入死亡的深渊？

梁应物的脚步突然停住。

"怎么了？"我紧张地问。

耳边传来一声叹息。

"没什么，走吧。"梁应物说。

又走了十几步，我猛地停了下来，心一下子凉了。

“你也发现了。”梁应物的声音里有着深深的疲惫。

是的，我也发现了，我不知道我正在走的路通向哪里，但至少，这不是出去的那条路。

因为脚下的地形，平坦依旧，没有一点高低起伏。梁应物显然早就发现了这一点。

再往前走了一段，闭着的眼睛却感觉到一团红色。是外面的阳光吗，还是……

“回来了，梁老师和那多回来了。”学生的喊声宣告了我们的失败。我睁开眼睛，手电筒的光线照在我的脸上，耀眼生花。

又走回来了。在只靠触觉沿着一边前进的情况下，我们居然又回到了原点。

梁应物紧跟着我走出了甬道。

“走出去了吗，走出去了吗？”何运开问。虽然大多数的学生，看到我和梁应物回来时的样子，就可以猜得出结果，但何运开一问，所有人的脸上，还是露出了一丝期盼之色，只可惜他们得到的，是否定的回答。

“不要气馁，我们才刚刚开始。今天我们要做的，就是通过各种实验，排除一些可能性，找出最接近我们目前处境的可能性，并且走出去。你们听说过哪个科学家只搞一次实验就成功的吗？”梁应物坚定的语气让这些大学生开始找回丢掉的思考能力，一些人的眼神若有所思。

如果这真的是一种阵法的话，那么当现代的科学精神和科学实验碰到古典深奥的阵法，会发生什么？我忽然对走出去有了点信心。

“现在先分配今天的食物，你们可以根据自己的情况，决定什么时候吃掉它。”

我分到的是五块压缩饼干，这在平时，连一顿的量也没有，可是即便每个人分到的食物那么少，那一堆食物，还是一下子少了大半。

至于水，我和梁应物率先拿空的可乐瓶从水潭中打满。我先细细尝了一口，接着就灌了半瓶下去。水质清例，还有微微的甜。自从知道了这堆白骨当初的死法，我就断定这水潭里的水应该没有问题，如果当初缺水喝的话，人根本撑不到需要吃人肉的程度。

我吃了三块压缩饼干，剩下的用餐巾纸小心地包好，装进小塑料袋里，放入裤子口袋，再拉上拉链。最后时刻，我可能会把那张包饼干的餐巾纸也吃进肚里。刚才又走了一遍甬道，并且用的方式较寻常走更消耗数倍的体力和精力，再加上时刻处于紧张状态中，让我的胃早就开始抽搐，否则我会在口袋里留下三块饼干。

我看了一眼梁应物，他似乎在做和我类似的事。至于学生们，到现在早就饿坏了，能忍着不去动公用的食物已经很了不起，现在分到食物，转眼就扫荡一空。

如果是昨天刚进洞的时候，恐怕很难想象，这些学生可以在白骨堆中吃饭，一夜过去，学生对这些白骨的恐惧已经削弱了些。原因很简单，因为他们已经身陷更胜过这些死人骨头的恐惧中了。

现在的时间是清晨，可是在洞里，没有白天和黑夜，只有黑暗和磷火。所以清晨该有的精神，在我们这十四个人中一点都找不出来。手电筒还剩下七支能亮的，消耗速度快得惊人，就算我们一共还有四节电池，能够保持“常明”状态的时间，也不会太久了。如果在陷入黑暗之前，还一筹莫展的话，就糟了。当然，我们现在已经很糟糕了。

梁应物思路清晰而且善于表述，所以向学生们传达我和他至今为止对形势分析的任务，显然非他莫属。梁应物把所有的猜测、疑问、各种可能性都一一告诉学生，在现在的形势下，保留什么显然并不是个好主意，我们需要集众人的智慧，才有可能重出生天。当然，关于吃人的事，梁应物并没有告诉学生，这是个例外。

尽管也有一些奇思怪想，但归结到最后，学生们还是基本倾向于我和梁应物的判断。即是我们自己的感知被影响了。因为没有已知的科学理论，可以支持沿着同一条路前进会回到原点这个事实。我们既然不可能重新创造一条科学理论来支持这个事实，那么只有认为，从客观上讲不存在一条会回到原点的路，毛病是出在我们自身。

这是目前我们所能想得到的唯一前进方向，我不敢说他百分百正确，但我们只有这一个方向，否则，就只有等死而已。

如果路本身没有问题，有问题的是我们自己，那么这个局，应该有破绽。我们一定可以通过某种方式，来证明我们的感知确实出了问题。只要我们找到这个破绽，就可以顺着破绽找到出去的方法。

还有一件非常重要的事，就是要快。我的胃在接收了三块压缩饼干后，依然抽搐着，这三块饼干还不够喂饱它。

我们的视觉一定出了问题，否则走了几遍，不会都没有发现在不知不觉中走了回头路。而刚才我和梁应物的实验，又证明，我们的触觉也出了问题。那个在黑暗中隐然起着作用的力量，完美地欺骗了我们的视觉和触觉。

我们必须找出一些对人的感觉依赖性很少，甚至不依赖的实验，来对甬道进行测试。

此外，卞小鸥和费情提出，如果说正如我所说，是一种类似阵法的东西在起着作用，那么按照一些古书中所写，有些阵法，生门在一天中的某个时候会开启，是不是该派人每隔一段时间就走一次甬道。尽管我怀疑所谓的“古书”是否只是一些仙佛神怪小说，但他们说的也不无道理，万一这个鬼洞在某个时候会失效，就算只有万一的机会，也不能放过。于是我和梁应物商量后决定在实验之外，每个小时都会派出一支由两个人组成的探索小组，带着一支手电，走一遍甬道。

所有的人坐成一圈，大家都已经把早餐解决了。这一次我们没有点亮手电，因为大家都已经想通了，如果在这里可能有危险的话，那么靠一点点微弱的手电光也绝无法幸免，还不如把电源节省下来，除了大小解必需的光源外，把所有的光都用到甬道内的探路上。

在黑暗里围成一圈，每个人都用手环抱在胸前取暖，彼此只能听见重浊的呼吸声，只有人的眼睛泛出微光，这种瞳孔里泛出的光，用心地看去，是绿色的，因为那是周围白骨的磷光反射，如果没有这些白骨，那么就连眼睛都不会发出光来。我在心里暗想，其实如果找一堆磷火强的白骨来，堆成一堆，恐怕也能起到一定的照明效果，这种念头只能想想而已，真的实施起来，说不定会把心理承受力弱的学生逼疯的。天，如果在这种地方有人发疯了会怎么样，他会做出什么样的举动，我不敢再深想下去。

尽管气氛诡异无比，但是大家还是一个接着一个地提出了对甬道的测试方案，事实上这种时候只能把自己的大脑全力运转起来，不让它有时间想不该想的东西才行。

刘文颖提出了一个名为“背向视觉定位”的方法，我们都觉得可以试一试。这种法子需要两个人，背贴着背，前面的人向前走，后面贴着他的人要以同样的速度后退，保持背部的紧密接触。每个人一支手电筒，一个人看前面，一个人看后面，这样就可以保证不走回头路。如果这个甬道对人的视觉影响不能做到完全同步，也就是说，一个人在受到影响之后，另一个人还没被影响，哪怕是有一秒钟，都会被发现。而如果有某种力量，使人走到甬道内的某一点上发生特殊情形，那么这种方法应该也可以发现。

梁应物补充了一点，一边走，要一边仔细观察甬道四周的情况，并且用心记下来，这样如果走回了上一段甬道，就可以马上看出来。

我站了起来，掸了掸身上的灰，准备再次和梁应物用这个新方法探索甬道，却听见了几个近乎异口同声的声音："让我去。"

我努力地辨认了一下，是何运开，卞小鸥，居然还有那个内向的郭永华。

"这是我们大家的事，"何运开说，"反正以后每小时也要有人去探路，不可能永远让你和梁老师去。"

"是啊，就让我和何运开去，"郭永华说，"或者，或者，路……路云，你……你要不要，要不要和我去……"郭永华又口吃起来。

我心里微微一动，我猜想郭永华这时脸一定通红。这小子，平时那样木，现在居然还有胆子泡妹妹，不过话说回来，现在这种情况，倒真是个不错的机会，是展现坚实可靠的肩膀的最佳时机。当然，这还得以能出得去为前提，否则大家死在这里，纵是红颜也终化为枯骨，肩膀也是一样。

“我……我……”路云明显很迟疑。

“我去吧，我和费情一起去，我们两个，配合起来应该更好一些。”卞小鸥的话更有说服力，靠在他身边的费情轻轻“嗯”了一声，表示同意。

“好吧，小心点。”梁应物同意了。

就在卞小鸥和费情拿着手电筒快走进甬道的时候，我提醒他们：“保持背靠背的姿势进甬道，从现在起要集中精力，尽量别被其他什么的分散了你们的注意力，精神力集中的时候不太容易受影响。还有，注意看手电筒照出去的光柱，看看有没有扭曲的迹象。”

卞小鸥和费情背靠着背，小心翼翼地进入了甬道。

大家并没有离开生活圈，所有人都看着甬道口，等待着，尽管那里黑漆漆一团。黑暗的寂静里，时间过得很慢很慢。

过了将近二十分钟，我看见甬道口亮起了微弱的手电光线。我的心沉了下去，我知道他们失败了。

又过了几分钟，卞小鸥和费情背靠着背，从甬道里慢慢地走了出来。

“失败了。”卞小鸥说。他和费情走回生活圈，熄了手电。光线熄灭之前，我看见两个人的面色都很差。

“什么异常都没见到，而且，而且。”卞小鸥转头看了费情一眼。

“这真是太不可思议了，我竟然分辨不出这三段甬道，你呢？”卞小欧问费情。

“所有的甬道都一模一样。”费情说。

“一模一样，怎么会？”好几个人问了起来。

“真的一模一样，我已经非常用心地看了第一段甬道的特点，比如在刚进去的时候，左边有三个陷下去的小圆槽，顶上还有一块三角形的微微垂下的岩石。”

“右边石壁走五步的时候还有一大块大约三厘米高的凸起圆石头。”费情补充。

“可是转到第二段甬道的时候，所有这些特征，竟然和第一段甬道里一样，第三段也一样，就好像一个模子里浇铸出来的。”

大家一阵骚动，竟然会出现这样的情况，这真是，太完美了，完全无懈可击啊。

“我们来分析一下吧。”梁应物说。

“首先，这个甬道对人的影响力，至少从甬道口就已经开始，甚至不排除我们现在所在的这个洞里，也受到影响的可能。

“其次，这种影响对多人而言是同步的，并且影响途中不会中断。

“第三，这种影响力非常强大，强大到常人就算全神贯注，也无法幸免，并且初步看来，在细节上也做得很好。”

梁应物最后总结：“所以我们必须找一个新的法子，找一个新的切入点。”

学生们开始了新一轮的讨论，而我的心里却一点都不乐观。

梁应物似乎发现了我情绪有些低沉，走到我身边问：“怎么了，那多？”

“这样的细节也做得这么好，我怕要找出突破的法子很难。”我说出了自己的想法。

“不，我不这么想，不论用什么法子，如果造成的幻象和自然状态相近，或者说没有明显的逻辑冲突，那就非常难解，可是现在，我们面对的状态太过离奇，过度的离奇，其中必有破绽可寻。”梁应物坚定地说。

"希望是这样。"

我被梁应物一番话又鼓起动力。念头一转，忽然想着如果这里有炸药，炸他一炸，说不定就把阵势破了。不过要是引发山崩，只怕最终结果也是一样。这样想着，我拖来自己的旅行包，在里面摸索着，看看还有什么有用的玩意儿。

手在包里摸来摸去，摸到的净是那一大段的登山绳，这段绳索足有100米长，足够吊起200公斤的重量，不过在现在的情况下，什么用都没有。

等等，100米长的绳子。

我忽地想到一个法子，不由得喜上心头，叫道："我有法子了。"

"什么法子。"一下子所有的学生都围了过来。

"用绳子。"我把登山绳拿出来。

"绳子……"梁应物一拍大腿，"好办法。"

别人好像还不太明白，我解释说："如果一个人拿着绳子这一头，另一个人拿着绳子向甬道内走，时刻保持绳子绷直，也就是说，自己并没有在走回头路，一直到三段甬道走完，什么妖法都破了。"

大家顿时兴奋起来，就这样一个简单的法子，很有可能就把这个阵给破了，至少我到现在还想不出，如果站在布阵人的立场，有什么法子可以破我这个“绷直绳索向前走”大法。

“我想出的法子，我自己来，你们谁也别和我抢。”我说。

不过最后算下来，整段甬道该有250米左右，我这100米的登山绳还远远不够用。好在梁应物和何运开各带了一条50米长的绳索，还有近十条加起来不到20米的各色短绳，全都连起来，还有30多米的缺口。

“拆包。”梁应物当机立断。我、梁应物、朱文颖、卞小鸥、何运开、赵刚、王方圆、林质朴、郭永华九个男人的包被剪刀完全剪开来，拧成绳子，终于完成了一条约300米长的“百家绳”。比原先预估的还要长了50米，总要留一点余地吧。

这一次我的助手是梁应物，他站在甬道的入口处，握着这一长条材质各异的“百家绳”。之前我们做过简单的测试，绳子的强度不成问题。我拿着绳子的最前端向洞内走去，每走一步，梁应物就松一段绳索，透过绳子，从梁应物那边传过来的力量让我比之前任何一次都有信心。

Chapter 06 黑暗里的异变

我并没有带手电，前几次的经历证明，手电并没有太大的作用，这一次，有手中的绳索就足够了。第一个弯到了，转过去走了几步，绳索紧贴着转角处的石壁，略略增加了一些摩擦产生的阻力。我有些担心，绳子是否会被转角处的粗糙石壁磨断，稍微放松了手上的力量。梁应物在那一头立刻就感觉到了，绳子被他连着拉了三下，我回拉了几下，以示并无异状。当然我可以放声大喊，他也应该听得到，不过在这种地方，我可不想干出这等吓人吓己的事。

每向前走一步，我的心跳就快一些。说不清是兴奋还是惶恐，总之我依然可以感觉到绳子自始至终都绷紧着，也就是说我并没有走回头路。第二个转角已经到了，如果转过去，向前走，绳子依然绷紧着的话，那么我是不是就可以……

想到这里，我深深呼吸了一下，平复一下心情。握着绳子的右手早已经满手心的汗，腻腻滑滑的。

转过去了，绳子紧紧贴着石壁转过第二道弯，我可以听见它和石壁擦出的“沙沙”声。几乎是下意识的，我加快了脚步。那一头的梁应物花了几秒钟才适应了我速度的变化，不过我相信，他的脸上一定露出了笑容。

因为，我就要走出去了。

快接近第三段甬道的终点了，前面隐然有光线！

“绷直绳索向前走”大法，果然是无敌的。

或许是就要脱困使我太兴奋了，直到快走出去的时候，我才意识到脚下的路依然平坦。或许这并不是一条出去的路，但无论如何，这总算是一个进展，总比困在那个白骨洞强。

还有二十步，十五步，十，九，八，七……我迫不及待地以几乎是冲的速度向前向前，全然不顾到一个全新陌生的环境时该有的谨慎小心。通常情况下，我是不会这样鲁莽的，可是之前白骨洞的数十小时幽闭事实上已经让我失去了平常心，难道说，还会碰上更糟糕的情况吗？

一个人从云端摔落到崖底是什么感觉，我终于知道了。就在还有四五步便可以走出甬道的时候，我被雷劈到似的猛然站住，我已经可以依稀看到前面的情形，那是我绝对未曾想到过的，背上就如同有几十只蜈蚣在爬，毛骨悚然。

我下意识地用力地拉着手里的绳子，这条绳子从我进洞起，就一直绷紧着，直到现在，但是，站在前面不远的，不是梁应物他们，却又是谁！

“天！”我听见梁应物低呼了一声。

这几步路我走得无比艰难，每走一步，透过梁应物身边路云手上的手电光线，可以清楚地看到，神情木然的梁应物，是怎样配合着我的脚步，一点点放出手上绳索的。

走到甬道口的时候，每个人都被这股难以言说的妖异镇住了，或张大着嘴，或紧咬着嘴唇，发不出声音。我缓缓回头，颈骨因为用力而发出“格格”的响声。没错，手电光线的照射下，两道绳索，一道一头握在梁应物手时，一道一头握在我的手里，贴着甬道石壁的两边，绷得笔直，直通向甬道内那无边的黑暗里。

绳子一直绷着，所以我没有走回头路，但是我还是走回来了。而这根绳子还是绷着，以一种没有人可以想象可以解释的方式，紧紧绷着。

这到底是怎么回事？

最最基本的物理学常识，在这一刻，被完全颠覆了，我真的感到自己的无力。

“怎么办？”胆子最大的何运开，这一刻也像个孩子一样无助地问。

“进去，进去看看。”梁应物声音干涩。

学生们都被吓住了，所以没有人和我及梁应物抢着再进甬道去看一个究竟。而我，心底里也有着逃跑的念头，但仅存的理智让我不能单让同样惊恐的梁应物独自进入甬道。

我和梁应物慢慢地向前走，同时一把一把地收拉着绳索。梁应物左手的手电因为双手要抓绳索，无法牢牢握住让光柱笔直向前，所以不稳定地晃动着。

我把注意力完全集中起来，待会儿不知会看到怎样的情形，发生怎样的事。这一回，注定不寻常，虽然我还是没有走出甬道，但是借着以绷直状态诡异折回的绳索，这个一直找不出一丝异状的甬道，不可能再保持它的沉默。要知道，绳索一共也就300米长，而甬道的总长在200米以上，让绳索发生折回状态的那个点，一定就在第二段甬道里。当然，这样的推测是基于常理基础上的，也许，绳索根本没有折回，在绳索所处的空间里，的确是笔直绷成一条直线也说不定。

果然，第一段甬道并没有发现什么，两道绳索沿着石壁转过了弯道。又一个违背常识的情况出现，我拉着的绳子是贴着内侧的石壁转角没错，可是梁应物拉着的那一边，竟然像被一个无形的钉子钉着一样，沿着另一边外侧的石壁向前“走”。

我已经没有办法顾及，到底是什么样的力量使那根绳子像被一张大手一样死死按在石壁上。因为才转过第二个弯，借着手电筒的微光，我赫然看见了绳索的尽头。

从转过第二个弯开始，绳索的状态就和第一段甬道里不同，偏离了两旁的石壁，开始向中间收拢。而绳索尽头的情形，一时很难用文字描述出来。硬要说的话，就像在地上立一个桩子，两个人各执着绳子的一头，把绳子绕到桩子上，再向反方向跑，那么跑到绳子长度一半的地方，就会被桩子“拉”住，无法再前进，而这一条绳子，在桩子的地方，会折成一个锐角。

我和梁应物，就好像是拉着绳子向反方向跑的两个人，区别在于，借着手电的光线，我拼尽目力，也看不到那个应该竖在那里，把绳子拦住不让它回来的桩子。

换而言之，在前方十几二十米的地方，有一个无形的桩子，或者，有一个无形的手，紧紧拉住绳索。现在出现在眼前的情景，是一条绳索凌空折成一个极小的锐角，锐角的角尖部分离地一米多，定在半空中，我试着用力拉，却依然一动不动。

梁应物看了我一眼，他的鼻尖早已布满细小汗珠。

“谁，谁在那里？”

嘶哑干涩的声音在甬道里回响，我和梁应物喘息着，全神戒备。那股让绳索悬空的力量就在前面，隐身在石壁里，甚至在空气中。

“叭”，汗珠从我的鼻尖跌溅到地上，问话没有得到任何回应，半空中的绳索也没有松动的迹象。

我缓缓向前迈了一步，再一步，到了这样的程度，如果有危险的话，相信转身逃回去死得更快。

当我和梁应物走到离目标还有五步距离时，那股牢牢抓住绳索的力量毫无先兆地消失，绳子一下子落到地上。猝不及防下，我们两个人收势不住，踉跄了几步，险些摔倒在地。

我扶着石壁站稳，想上前去，却又猛地站住。梁应物此时和我心意相通，抓起绳索再向前抛去，连着扔了几次，都毫无异状地轻易收回，仿佛那力量玩够了，把我们扔在这里，神秘地消失。

我和梁应物鼓起勇气走到刚才绳索落下的地方，在周围来回走了几步，用手电筒细致地上下照着，却什么也发现不了。

如果按照我的理论，那这里就是关键的那一点，可是不管是我看着梁应物在这一点上徘徊，还是梁应物观察我的举动，都没有一点点被传送或者被“反射”的迹象。

尽管有新的状况出现，但对我们的处境却没有一点帮助，反而使事件更加扑朔迷离，我和梁应物只好再往前走，转过弯去，很快又走回了白骨洞里。

和学生们把刚才甬道里发生的异象一说，每个人都神情呆滞。

梁应物叹了口气，说：“先休息一下，再想办法吧。”

坐定下来，饥饿感潮水一般涌来，我摸了摸怀里的压缩饼干，强自忍住。

定下心神，我开始解析刚才诡异现象背后的东西。我相信，无论刚才看见绳子停在半空中的情景，是我和梁应物同时产生的幻象，还是真有其事，这段甬道已经证明，它不仅有着迷惑人的能力，而且，有着真正的“力量”。可以抵抗住我和梁应物两个人的拉力，仍然使绳子纹丝不动的力量。这股力量，从我回到白骨洞口，和梁应物两个人发现不对劲开始，一直到走回到第二段甬道，看见半空中的绳索为止，都让我和梁应物清晰地感受到。

我们两个男人一齐发力，总有百把斤的力量，而居然可以使绳子一点晃动都没有，这份力量，恐怕刚刚才露了一小角。而这力量除了拉住绳子外，还会做什么，是不是只在甬道里存在，还是一样能延伸到这白骨洞中，谁也不知道。更要命的是，原先绳子只在我和梁应物双方力量的作用之下绷直，这第三方力量是什么时候介入的，我们两人一点感觉都没有。

我把这个猜想告诉梁应物，他沉默不语。旁边的路云却提出了完全相当的说法。

“不一定存在着拉住绳子的力量，如果那段甬道能影响人的视觉，触觉，是不是也有可能影响其他的，更多的感觉。”

路云的话一出，黑暗里立刻传来吸气声。天，她的意思是说，很可能我和梁应物看到有两条绷直的绳子，用力拉也不动，同时围观的学生也看到了，这却可能全都是错觉。如果真是这样的话，那我们对自己就连最后的信赖都不复存在。

最可怕的是，这样的观点，的确有着是事实的可能。

我们所有人，如果在这里的一举一动，都并不是完全受着自己的控制，我看见自己抬起了手，其实是错觉，认为自己在用力地跑，其实根本没挪动一步，甚至伸手揉眼睛，却可能正在用手去挖自己的眼珠子……

我已经没有办法再想象下去。

“路云所说的这种可能性，是不存在的，我们在寻找出去法子的时候，不必把这个可能计算在内。”梁应物低沉的声音适时响起。

“为什么？”不仅是我，许多人都一齐问梁应物。

梁应物却没有回答，黑暗中，不知他在想什么。

路云忽然笑了，她的侧脸被越来越弱的手电光照着，我已经很长时间没有看到别人的笑容，瞥见路云的嘴角和脸上的肌肉皮肤变成“笑”的模样，心里竟有一丝妖异的悸动。

路云用有些变调的声音说：“因为如果真的像我说的那样，那么，我们谁都别想活着出去！”

我的心里一震，这话一点不错，如果我们已经无法控制自己，还谈什么出洞?

梁应物似乎点了点头，黑暗里我看不真切，但他还是不说话。

现在是自被困洞里以来，学生们情绪最不稳定的时候，刚才路云的口气已经让我开始担忧，平时神经称不上坚强的学子们到了这种九死一生的境地，就算不知道曾发生在这里的人吃人惨剧，但会有怎么样的反应，还真是难说得很。借着手电的微光扫了一眼，蒋玮似乎正在紧紧地抓着自己的头发，而朱自力则把头整个埋进自己的双膝，蹲在地上缩成一团，卞小鸥和费情抱在一起发着抖。

梁应物却在这个关头一言不发，大反他之前的做法。

“你在想什么呢，赶紧说两句，让大家打起精神，好继续想办法。”我压低声音对梁应物说。

梁应物竟然叹了口气，尽管他很快就把气憋了回去，但他的确在叹气。

“刚才那根绳子，你也看到了，你说，还能想什么法子？”

我终于明白了梁应物为什么这样颓丧。刚才的“绷直绳索向前走”大法，实在称得上是一个非常漂亮的方案，也正因为这个方案非常有效，才让原本一直隐而不出的力量显了形。可是这样的显形方式，却已经让梁应物明白，这个神秘的甬道，仿佛已经开始正面向我们“宣战”，之前的种种探索，是想试出这甬道到底诡异在什么地方，并且要找出一种运用身外工具，代替自身的感官走出甬道的办法。但神秘力量一出，无疑宣告就算借助工具，也一样徒劳无益，这种情形下，再想什么办法，得到的结果不会比现在更好，如果还能找出更好的测试方式，那可能要冒着被神秘力量反噬的危险。

“我明白你的想法，可是，我想我的结论与你正好相反。”与梁应物不同，我并没有刻意压低自己的声音，因为我想让所有的人都听见我说的话。

“的确，如果再想出各种办法对甬道进行探索，可能会有危险，刚才那股力量抓住绳子，这是一种温和的表现，如果暴躁起来的话，抓住的就可能是我们的脖子。但是，我们的机会也在于此，照现在的样子，如果我们就此离甬道远远的，那么不用说，我们一定会饿死，既然横竖要面对死亡的威胁，不如不断地探索这个甬道，不停地刺激那股力量，让它再也无法隐藏，仅仅凌空抓住绳子，这还不够，要让它再多暴露一点，当危险完全把自己展现在我们面前的时候，我们才能看清楚一切，并且找出脱困的办法。致诸死地而后生，这就是我们现在要做的事！”

第一次，我没有在学生面前避讳“死”。因为这个时候，我需要用死亡来刺激他们的勇气。

“我想明白了，你说得没错。”梁应物向我点了点头，他已经从刚才短暂的困扰中解脱出来。

至于其他人，显然也被我的话打动了。用不着看他们的表情，我也能感受到他们看着我的目光里的东西，男生有豁出去的气魄，女生则有些敬佩，她们一定在想，梁老师说得没错，这个叫那多的记者果然见多识广，或许只有经历过死亡危险的人，才说得出这样的话吧。唉，我这个人，看来在任何情况下都可以自我陶醉。

不过要再找出和“绷直绳索向前走大法”同样优秀的

方法，却不是件容易的事。或许以后看这个故事的人可以想出很多种办法，但是“当局者迷”这句话，真正是一点都不错。黑暗仿佛把我们的脑子都糊住了。

我们讨论了很久，其间每小时一次的探索也进行了两次，手电已经只有一支还有一点点光，此外还有四节电池。梁应物已经决定，等到用完两节备用电池，就把剩下的两节保留起来，就算是走甬道也不再用，以备不时之需。

两个多小时前，大家被我一席话激起的那么点漠视生死的气概，很快在无边的黑暗和胃部的抽搐中消磨殆尽。每个人心里的压力都越来越大，何运开甚至捡了一个骷髅头，大喝一声，狠狠扔将出去，骷髅头打在远处的白骨上，一阵“喀拉拉”的声响。梁应物及时叫住了何运开，我知道他和我一样，心里对学生的情绪，充满了担忧。

任何人的精神承受力都有底线的，不知这里的十四个人中，第一个承受不住的是谁。应该不会是我，也不会是梁应物，但终归会有的。

过了一会儿，又到了每小时例行的探索甬道时间，如果连续二十四小时的探索，都无法走出去的话，那么基本上所谓阵法生门定时开启这个原本就可能性不大的设想，可以寿终正寝了。

这一次轮到何运开和刘文颖。两个人站起来，拿起那支只能射出昏黄光线的手电，向甬道走去。何运开走出生活圈，再一次踏入白骨堆的时候，又狠狠踢了一具白骨一脚，把那具相对完整的骷髅踢得支离破碎。

这一脚踢出，何运开却忽然停在那里，随即叫起来："该死，怎么刚才没想到，可以做路标啊，捡白骨做路标。"

"好。"我脱口而出。这么简单的办法，刚才竟然没有人想到，真是不知道自己的脑子怎么堵塞到这种程度。

走个十米就放一个路标，只要前面的路没有路标，就是没走过的新路，有路标，说明走反了。

"是个好主意，不过你们很可能会在第二或第三段甬道里碰到前后都有路标的情况，这时你们就分头，一个往前走一个往后走，看这个鬼洞有什么法子。"梁应物说。

又是一个看似完美并且无解的方案，我倒想看看，这一次甬道的力量会以何种方式显形。

"可是，可是，要用白骨当路标吗？"刘文颖显然对这一节相当顾忌。

“这有什么关系，要是你不敢的话，就换个敢的男生来。”何运开气势如虹地说。

“不过，背着一大堆白骨走路，也确实不方便。我这里有刀，你可以在石壁上刻记号，又有手电，就不用一路扔骨头了。”梁应物说着拿出一把小钢刀。

“一发现不对，别逞强，能逃就逃。”我说。

何运开和刘文颖应了一声，走进甬道。

这一次，大家都跑出了生活圈外，候在甬道口，等着两人回来。

十分钟……

二十分钟……

三十分钟……

四十分钟……

上帝，不信基督的我不由在心里念出了耶和华的称号，怎么会，已经一个小时了啊，就算是刻记号要时间，这短短半里路，再怎样都该在二十分钟前就回来了啊。

眼前的漆黑仿佛已经把两个学生永远吞噬。

“何运开，刘文颖，你们在哪里。”不知是谁忽然大声地喊起来，随后所有的人都嘶喊起来，包括我和梁应物。巨大的声浪在洞里回荡，回声阵阵。这样的声音，就算是在甬道深处都可以听得清清楚楚，但是那里却没有一点回音。

大家喊了足足有十分钟，终于停了下来。

“说不定，他们走出去了。”林质朴突然冒出了一句话。

这句话把所有人从恐惧里带出来，真的，说不定他们是走出去了。

的确，如果何运开和刘文颖真的走出去了，别看何运开表面上一副胆大包天的样子，多半还是不敢再次走进这个魔洞，谁知道这一次进去还出得来出不来，打电话找救援才是上策。

可是，万一他们没走出去呢？

“我进去看看，万一我也走出去了，我保证，一定回来告诉大家。”我说。

“我和你一起去。”梁应物说。

“不，万一，有什么事，还有你和学生在一起。”

“那，你自己小心。”梁应物没有再坚持。确实，如果我和他都一去不返，不出多久，这些学生就会彻底崩溃吧。

我拿了一支已经没电的手电，倒出电池，把口袋里收着的两节电池装进去，一开电源，耀眼白光在甬道里笔直照出一条光路。顺着这条光路，我再次走入甬道。

我用心地察看四周，很轻易地在左边的石壁上发现了何运开他们做的记号。每隔几米，就有一个用刀刻出来的三角形标记。刻得很深，看来是何运开的杰作，用手都可以摸得出来，如果我还可以信赖自己的触觉的话。

转过第一道弯，标记还是笔直向前，第二段甬道里，不见两人的踪影。

我用手电照着路标，刻得还是那么用力，三角形也还算规整，说明他们还没有发生什么不寻常的状况。然而，这安静的甬道中，依然只有我一个人的脚步声，除了石壁上的路标，一点都嗅不出两个人的踪迹。

很快，第二段甬道也走到尽头，居然还没有什么发现，我顿了一顿，然后转过第二道弯，走到下一段甬道，按照惯例，我该正走在回到白骨洞的路上。

手电照在旁边的石壁上，我又看见了路标，依然是刻得很好的三角形。手电的光柱转而笔直地照向前方。

还是没人。

怎么回事？

这两个人就这样消失了吗，一点迹象都没啊。我一边向前走着，一边更加用心地看着旁边石壁的路标，不让自己错过任何一个细节。

可是，直到这段甬道过半，快要走回白骨洞的洞口时，路标还是每隔六七米就出现一个。

终于，在离洞口大概只有十米左右的地方，我赫然看见一个和之前都不太一样的标记。

还是一个三角形，可是非常明显，刻下这个图案的人，手在发颤，以至于每一边都不笔直，歪歪斜斜得厉害，而且从比之前记号更深这点来看，无疑这个记号，也是何运开刻下的。

这两个人就是在这里出事的，以至于让何运开也控制不住内心的惊慌，无法让自己粗壮的手臂停止发抖。但是，要刻下这个路标，是需要一定时间的，也就是说，他们遭遇的事，还能让他们有相当充足的时间刻下路标。

等一等，如果发生了什么，为什么他们只刻下路标，却不索性留言示警？

这真是太奇怪了。

所有这些念头，都是一瞬间在我的脑中闪过，在想到这些的同时，我迅速后退了几步，手电筒照向四周，凝神戒备。

尽管离洞口很近，但何运开和刘文颖就是在这里出的事，绝对不能掉以轻心，拿自己的性命开玩笑。

当我的目光随光柱射向前方的时候，我猛然知道，何运开和刘文颖为什么会有这样的反应。

刚才一路走来，我的注意力大都放在旁边石壁上的路标，否则，我该早就发现才对。

前面不远处，在我脑子里理所当然认为该是通向白骨洞的甬道口，却赫然不见，取而代之的，是又一个转弯口。在那里，还有一道不知通向何方的甬道，第四段甬道。

所以，何运开和刘文颖才会这样震惊。

这一次刻路标，竟然刻出了新的甬道!

我深吸一口气，转过了第三道弯。

出现在面前的，是一段和之前差不多的甬道，我用手电一扫，石壁上有路标，向前照，尽头看不太清，不过，不太像是出口的样子，黑洞洞一团。

沿着有路标的那一边，我缓缓向前走。如果路标不断，可能就不会发生什么危险。顺着直走就是。

为什么两个人没有回来现在也有了解释——他们走到了新的地方。

很快这一段甬道就走到了头，又是一道弯，转过去，还是一段甬道。

走到第八段甬道的时候，我已经感觉有些不妙了。这甬道到底有多长，还有多少道弯。我走进来到现在，过了大概也有半个小时，何运开和刘文颖去了这么久，要是到了新的地方，照理会立刻返回，如果甬道过长，也该停下不往前走，回来报告才对。可是我居然到现在也没有碰到返回的两个人。

而且，这每一段的甬道，尽管我没有非常在意地去辨识，却还是感觉彼此相似得可怕，大自然怎可能生得出这样相似的甬道？

又转了几个弯，旁边的路标变成每个弯口一个，并且越来越浅，越来越随便，终于不再出现。我明白这并不是出现了什么突发状况，而是，两个人已经没有心思去画记号了。

我向前奔跑起来，连着跑过七段甬道，终于停下来，撑着石壁弯下腰喘着气。我心里明白，并不是没有状况发生，自己已经和何运开、刘文颖一起，从踏入甬道的第一步开始，就早已经陷入到状况中了。

这个状况，只怕就是，永远也走不出去的黑暗甬道。

这小小的山腹，哪里可能会容得下这样一圈又一圈的甬道，这无穷无尽的甬道，一定是那神秘力量的杰作。我想到了当年诸葛亮设下的八阵图，困在那里面的人，莫非就是这个样子？

我已经记不清转过了几个弯，走了几段甬道。时间过去了两三个小时，梁应物他们只怕已经绝望。

一个人在走不出去的甬道里不停地向前走，能听到的只有自己的脚步声，能看到的只有越来越暗的手电光线，我不知道自己还能再撑多久，不仅是体力，精神上每时每刻所受到的压力，那种从心底里压抑不住泛出的绝望，不停地撕扯着我的神经。

我从来没有像此刻这样绝望过，从来没有，哪怕是从前，死亡离我只有半米远的时候也没有。我的意识随着自己清晰可闻的喘息声越来越混浊，我把自己的嘴唇咬出血来，让疼痛保持自己心底里的清醒，我看了看表，下午三点五十分。我是什么时候进来的，十点，还是十一点？

双腿像灌了铅一样重，我从怀里摸出剩下的两块压缩饼干，我的胃已经痛得有些麻木了，这两块饼干可以让我多走一点路。

我没有停下来坐在地上吃饼干，而是一边走一边吃。我怕自己一坐下来，就再也没有重新站起来的力量和勇气。

我的脑子已经渐渐无法思考，心里只有一个念头：向前走，别倒下去。或许很多人会不以为然，要知道军队作野战训练，常常连续急行军一天一夜，而背上背着的东西有几十斤重，远远超过我现在。可是那和我此时的情况有一个根本性的不同，就是知道、知道终点在哪里，哪怕是连着走一天，走两天，许多人也能坚持下来。可是在这样的黑暗甬道里，完全不知道要走多久，转多少弯，甚至根本不知道自己正在走着的甬道是不是真正的存在，这对一个人心智的考验残酷到了极点，远远甚于肉体上的疲乏。

更何况我已经饿了这么久，肉体上也真正是极度的疲惫。

手中的手电，不知在多久以前，已经完全没电了。我摸着石壁向前走，一定要摸着些什么，才能让我的心里踏实一点，让我坚持着，不要放弃。

汗已经不知道流了多少，可是手脚和我的心一起冰冷。

“那多！”

“看，真的是那多！”

我隐约听见前面的叫喊声。然后一道亮光打在我脸上，我已经迷蒙的眼睛看不见任何东西，大脑在几秒钟以后反应过来，是手电。

手电的光很快就灭了，那是最后的一支备用手电，我听见似乎有人向我跑来，心里一松，我直挺挺向前扑倒在地上，手里那支没电了的手电滚出老远。

Chapter 07　白骨上的秘密

我花了大约十秒钟的时间，才确认自己已经从昏迷中醒过来，因为闭着眼睛的时候瞳孔感觉不到光，黑暗让人有着不真实感，刚刚苏醒时犹为强烈。

我并没有受什么伤，只是高度紧张的神经一下子放松，无法再支持已经达到极限的肉体。我努力地支撑着自己坐起来，整个人还处于虚脱的状态。

“你醒了。”梁应物就坐在我身边，见到我有动静，忙扶了我一把。

“现在什么时候？”我问。

梁应物看了看表，绿色的荧光闪了一下：“十一点二十分，你睡了一个半小时。”

这么说来，我在那甬道里一直走了超过十个小时。我想如果不是我的潜意识感受到自身仍处在巨大的危机中，照现在的身体情况，只怕睡十二个小时都不会醒来。

梁应物递给我一些东西，我借着微弱的绿光，看清楚那是三块压缩饼干。

“这是……”我可不想梁应物把自己的食物这样让给我。

“吃吧，是大家同意的，何运开和刘文颖也有。”

我这才想起我进入甬道的目的：“他们什么时候出来的？”

“比你早大约九个小时，”梁应物语气沉重，“从你之后，没有人再进入过甬道。”

我顿时呆住。

“是那个力量，它不准我们继续进行实验。”

按照原先的样子，一个个具有科学精神的方法一一尝试过去，非常有可能找出甬道秘密的蛛丝马迹，可是那股力量以最野蛮的方式终结了这一切。最初的甬道只不过转两个弯就可以回到原点，快步走的话也就几分钟。可是何运开他们走了足有三小时以上，而我又花了何运开三倍多的时间才走出来。如果有人胆敢再进入甬道，恐怕还没走出来，就横尸其间了。

怕是真要死在这儿了。第一次我闪过这样的念头。

我奋力把第三块饼干吞下去，脑袋里杂乱无章，甚至忘记了要留下一块半块备着。吃完的时候我抖了抖手，把饼干屑并在一起，吸进嘴里，然后拍了拍手。忽然我发现手背上有着微微的绿光。我的头脑现在还不大灵光，刚才接过饼干的时候就看见这光了，那时还觉得该是梁应物手表的荧光还亮着，现在才发现完全不是这么回事，这才抬起头向光源处望去，不由得吃了一惊。

是磷火。就在不远处，原先把白骨都清理干净的生活圈的中央，现在赫然有一堆发着碧绿磷光的白骨。都是一些大骨头，头骨，腿骨等等，很明显是费了一番工夫，从洞里的白骨堆里发光的白骨中挑选出来的。

“你注意到了。”梁应物说。

“这，怎么会……”

“最后一支手电我不让用，可是他们已经受不了这样的黑暗了。”梁应物叹了口气。

我又呆了一会儿，然后领会到了梁应物没说出口的意思。甬道再也不能进去，连原本就希望渺茫的探索性实验都无法再进行下去，这些学生当然会绝望，心理已经发生了变化，以至于一方面忍受不了黑暗，一方面由于和死亡越走越近，对代表死亡的白骨，已经不那么害怕，说不定更有着变态的逆反式亲近感。

我朝学生们看去，他们死气沉沉地坐在那里，一声不发。刘文颖蜷缩在梁应物的旁边，看来虽然比我早了九个小时出来，她却还未从恐惧中恢复过来。这个曾经开朗的美丽少女身上已经完全看不到几天前的影子。

"她一定要挨着我才能安静下来。"梁应物低声向我解释。

如果换了别的场合，我一定会大声地调侃，现在听了这句话却一点回话的兴致都没有。

"咯吱。"

"谁？""什么东西？"几个声音同时叫了起来。

就像是咀嚼着什么的脆响。我打了个冷战，这让我想到了死人，咀嚼死人。

"操！朱自力，你在干什么？"何运开一把抓住朱自力的领子，把他从地上拎了起来。

“我，我没……”朱自力努力地想要挣脱，却说不出一句完整的话。

“怎么了？”梁应物站了起来，朝那边走去。我也想站起来，双腿一用力，却一阵酸麻，又坐回地上。

坐在朱自力另一边的赵刚从地上捡起了一样东西：“他，偷吃。”赵刚愤怒地说。

意识到发生了什么事的其他人顿时喧哗了起来。

“先把他放下，何运开。”梁应物厉声说。

何运开重重地哼了一声，松手。朱自力踉跄退了几步，直退到生活圈外才一屁股坐倒在地上，手撑在几根白花花的骨头里，不停地咳嗽着，看来是被刚才吃的巧克力华夫饼干呛到了。

赵刚紧紧地抓着从地上捡起的大半块巧克力华夫饼干，狠狠地看着，拿得越来越高，越来越高。

何运开一把握住了赵刚的手：“你想干什么？”另一只手顺手夺过了饼干。

“你！”赵刚怒火上冲，眼看就要翻脸。

梁应物大步走到两人跟前，大声说：“给我。”

何运开没有反应。

“给我！”梁应物声色俱厉。

何运开犹豫了一下，终于把饼干给了梁应物。

梁应物走到咳嗽渐止的朱自力面前，问：“剩下的呢。”

“没，没了。”

梁应物紧紧盯着只看得见一双反着绿光眼睛的朱自力，说：“或许该让何运开搜一搜。”

“不，不。”朱自力把手伸进裤裆里，又拿出一块密封包装着的巧克力华夫，天知道他到底把这东西放在了什么地方。

“就这一块了，真的，我，我实在饿得受不了了。”

“要是再看到你偷藏，我劈了你。”何运开大声说。

话音刚落，就是一阵附和声，其中还夹着几个女生的诅咒。

“你去死，死了就不用再吃东西了。”路云的咒骂让我心中一寒。我担心，要是再发生这样的情况，何运开很可能会真的动武。

梁应物掂了掂手里的华夫饼干，又扔回给朱自力，然后走到那一小堆食品边，说：“现在，我把所有的食品平均分配给大家，你们可以一次吃完，也可以留一点慢慢吃，但请记住，这是你们最后的食物，朱自力，你吃掉的那一小半，会从你那一份里扣除。”

我很庆幸分到的不是大包的薯片，那东西不但不管饱，那样大的体积更让我有着不安全感。我分到了整整十块压缩饼干，梁应物自己分给自己的是一整包的苏打饼干。我想他是特意优待了自己和我，对他而言，尽可能地保存自己和我，才能多挣取脱困的可能，这是把资源优化分配，他一向就不是呆板的绝对公平主义者。许多人分到的是很好看的一大包或两大包膨化食品，包括努力把身子挨着梁应物的刘文颖。到底什么能使人活得更长一些，能分辨出来的人并不多。

自从我醒过来开始，我就隐约觉得些什么，但却始终抓不到重点。直到刚才，想到梁应物有意识地给自己和我留下了最优厚的食物，以期能有更大的机会走出甬道时，我脑子里仿佛灵光一现。

“它是有意识的，梁应物，它是有意识的。”我叫了起来。

“有意识的，为什……”梁应物反问了一半，就想到了。

原先，我们一直以为，我们所陷入的是一个类似阵法的东西，不管这东西是天然的还是人工的，总之已经在这个人洞存在了不知多少时候，无辜的我们完全是被自己的好奇心陷害了。

可是甬道里的神秘力量，很明显的是由于我们的探索行为，而改变了甬道的模式，让我们无法继续实验，这已经不能用什么阵法的自然反应来解释，这肯定是一种有意识的，基于智慧思考的反应。

一股有意识的力量，也就是说，在这里存在着我们从未接触过的生命……

但是，为什么，为什么它要这样做？

我躺在地上，极度的疲乏感正在慢慢退去，但是身体依然较平时虚弱得多，耗掉的体力不是几块饼干就能补充回来的，睡一觉，到明天早上或许会稍稍好一些，但这并没有什么用处，更何况我现在满脑子都是在思考还有什么办法可以脱困，哪里睡得着。

甬道已经不能进去了，可是这是唯一通向外界的路，如果放弃，难道还能自己开山打一条路出来？如果这是在打对战游戏，已经可以看作被人瞄准，就等着一枪爆头GAME OVER了，可是发生在现实里，又落到了自己头上，怎样也要想办法垂死挣扎一下。

其实我已经想到过，对付进了洞就走不出来这个问题，可以通过在人的腰上绑绳子，到时候前面的甬道走不完，就顺着绳子走回来。但那股力量明显不希望有人再进行这样的实验，难保不会悄悄把绳子弄断，到时候出什么事情就难说了。所以要不要把这个方法拿出来和梁应物讨论，我一时间还拿不定主意。但真要完全舍了这甬道另寻它途，实在是一点头绪也没有。

“哗”的一声响。我急忙支起身看，只见不远处那个用闪着的磷火照明的白骨堆已经塌了，何运开站在旁边，摔在白骨堆里的朱自力正努力爬起来。

“何运开抢东西了，何运开抢东西了。”朱自力大叫。

“谁知道你到底偷吃了多少东西，我看已经吃了两人份都不止，还要这么多吃的干什么。”何运开抓着朱自力旅行包的背带，使劲地拉着，脸上肌肉抽动，在绿光里狰狞得可怕。

朱自力虽然知道打不过何运开，但现在食物就是命，哪里肯放手，也顾不得再站起来，死命地拽着包不肯松手。

“松手，何运开。”梁应物大喝了一声。

何运开却没有像平时那样听从梁应物的话，而是反驳说：“我平时一顿要吃四碗，这小子才吃一碗，我分到的食品和他的差不多，这不公平，他一定要分我一点才行。”

朱自力趁何运开分心和梁应物说话的当口，一翻身站了起来，右手还拉着自己的包，左手却顺手操起了一根大腿骨，一付要和何运开拼命的样子。

我和梁应物一直担心的事，终于发生了。

旁边的学生终于反应过来，和上一次相反，这次所有人都劝何运开不要动蛮。

何运开铁青着脸，却没有放弃先前的念头，右手用力一拉，朱自力踉跄着向前冲去，左手高举着那根白骨，眼看就要和何运开干架。

路云大声喊："何运开，你现在抢别人的，以后就有别人来抢你的。"

"谁敢。"何运开大吼一声。

几乎所有男人的火气都被这一声"谁敢"激了起来。

"我。"赵刚、王方圆、林质朴甚至郭永华都大声和何运开对吼。

"不要太过分了，何运开，"朱自力握紧了手里的白骨，"否则，这里没有人会希望身边待着一个随时会抢食物的人。"

何运开看着站在朱自力身后的几条人影，重重地"哼"

了一声，松开了朱自力的背包，转身走开。

我和梁应物对望了一眼，彼此都忧心忡忡。我看着朱自力手里的那根白骨，百年前这里曾经发生过的事，刚刚开始的时候，是不是，也是这样……最高等的教育，再昌明的社会，人骨子里的丑恶，还是一样抹不去。或许，那并不能叫丑恶，只是动物的生存本能吧。

朱自力把白骨扔掉，郑重地把背包背在身上，恐怕他再也不会把背包从背上解下来了。远远的，我看到朱自力正在端详自己的手，刚才他拼命地握着骨头，手上也沾了磷火，发出淡淡的绿色光芒。只是就这么点沾在手上的磷光，为什么他看了又看，直把自己的左手手掌凑到了眼前？

正当我对朱自力在现在的处境下还能保持这样旺盛的好奇心感到奇怪的时候，朱自力忽然发出一声惊叫，弯腰寻找了一阵，重新把他刚才扔掉的那根白骨捡了起来。

我心里一震，难道说，他和梁应物一样，也发现了当年人吃人惨剧的蛛丝马迹？

“有字，骨头上有字。”朱自力一声喊，让所有人都大大吃了一惊，并且迅速地向他聚拢过去。

那根粗大的腿骨上刻着几十个字，每个字约有小指甲盖的一半大小，如果不是刚才朱自力因为自己的手发光，而下意识地看了一眼，发现印在手掌上的字的痕迹，恐怕我们到死也不会知道这刻在白骨上的秘密。

“第十八天了，还有六十七个，疯了的鲍三和招娣终于被吃掉了，阿勇和鲍月还是在一起。好吧，如果你们可以一直这样的话，我就放你们出去。”

这就是刻在这根腿骨上的文字。

这真是太重要的线索了。我和梁应物很快就理清了几条基本的思路。

首先，可以肯定，一百多年前在这里发生过一件惨案，这件惨案中出现了大量人吃人的事件。这虽然是我和梁应物之前想尽力隐瞒了，但到了现在，已经再也瞒不下去。

身处这件惨案里的人，十有八九遭遇了和我们相同的情况，他们为了活下去，选择了吃人。

最重要的是，这件惨案有一个旁观者，就是在白骨上刻下这些字的人，而这个人有着让人走出去的能力，很可能此人就是制造惨案的元凶，掌握着甬道的秘密。

而一百多年前的事件里，好像还有两个中心人物，就是那两个叫阿勇和鲍月的人。

目前只能推断到这里，因为这些字透露出来的信息还是太少，但当年的那个“旁观者”可能不只刻了这一根骨头，最具可能的情况是，旁观者把人骨当成了日记簿，记下了整个事件每一天的进程。而这人骨，自然就是“鲍三”和“招娣”等，被吃掉者的残骸。

现在当务之急，就是从这满洞的白骨中，找到其他写字的骨头，把当年的事件完整地挖掘出来，或许脱困出洞的钥匙就在其中。

所有的人立刻行动起来，先从那堆照明用白骨中找出了能提供足够磷火照明的骨头，然后开始对整个白骨洞进行地毯式的搜索。

我拿的也是一根大腿骨，冰凉冰凉的，还有点不知是什么的残渣附着在上面。堆成山的白骨，需要检查的骨头数以万计，不知要多久才能查完。而这种检查需要非常仔细的观察，要来回用手翻弄白骨，我倒是还行，那些女孩恐怕够呛得很。不过生死攸关，硬着头皮也只能上了，像费情，是一边青着脸干呕着，一边把一根根骨头拿到眼前细看的。

好在很快就找出了一个能让我们速度加快的法子——只有大骨头上才可能刻下文字，最多的是大腿骨、头骨和胯骨，像肋骨等小一些的骨头，可以直接略去。

在搜索的过程中，我心里不断闪着一些疑问，比如说，那个“旁边者”是如何做到旁观的，当年的情况一定非常混乱，就算是最强壮的人，都没办法保证自己在下一刻的安全，怎么可能还有人能安安心心在骨头上刻下这么多的字，却不被别人发现。这种绝对能生存下去的技巧，究竟是什么？

整整一个晚上的搜索，直到早上六点多的时候，全部写有文字的人骨，终于从数万的骨头中找出来，分别是七十三颗头颅，五十七根大腿骨，三十二块胯骨和十一根小腿骨和臂骨，等到我们再花了一个多小时的整理排序，这些骨头上记载的整件事情的起因，和整个惨案历时六十二天中每一天的情形，都很清楚了。

始作俑者的凶狠，残酷，变态，及其神秘莫测的能力，使关在洞里的人们在六十二天里血淋淋地互相残杀，原先的朋友、兄弟甚至父子母女，都在这六十二天里发生了或无奈吃了对方的肉以求多活一天，或亲手杀掉对方的事。眼前的森森白骨，仿佛将我们引到了百年前的那六十二天里，使我们在读着这一切的时候，整个人都陷入到梦魇般的恍惚中。

刻下这些字的是一个女人，叫萧秀云，她是以一种半回溯半日记的方式讲述这一切的，在事件刚开始的几天里，她在描述当时情景的同时，断断续续地透露了自己的身份和与阿勇之间的纠葛。再加上我的想象力和梁应物的推理，这一百多年前发生在神农架的神秘食人事件，慢慢露出原貌。

确切的年代时间还是无法确定，毕竟不像我写的手记，萧秀云没有必要在回忆自己故事的时候郑重其事地说出某某年号几月几日。事实上在神农架这样偏远之地，几千年来，人们的生活就没有发生太大的变化，即便现在也是如此，中原的年号称呼甚至政局动荡改朝换代，对这里都影响甚微。重山阻隔，中原的年号在这里闻所未闻也说不定。

萧秀云是一个天才，她的天才表现在对一种古老而神秘力量的传承上。这种力量甚至比蛊术、巫术、降头术等更鲜为人知，如果不是在这里看到了这一门的传人的自叙，我还从未曾想到，幻术竟然真的存在。

我只能从各种传说和萧秀云回忆中的只言片语对幻术推测个大概。这是一种对人的精神发生作用的秘术，同西方的催眠术相比，幻术要更深奥得多。从萧秀云的回忆看，她在四岁刚入门时，所进行的训练，就连现今世界上最顶尖的催眠大师都要瞠目其后。而到了十二岁的时候，萧秀云已经成长为一个相当优秀的幻术师，她甚至可以发挥出一些真正的“力量”，和巫术降头相似，在影响人的精神之外，幻术师也有着运用这世界上未知力量的独特法门。

阿勇的名字应该是鲍勇，他在很小的时候就遇见了萧秀云。当时在鲍家山边有一个鲍家村，在鲍勇成长为村子里最优秀的猎手之前，他一直是村子里最顽劣的孩子。和其他的小孩不同，他时常一个人跑到村子附近的山里，就在那里，他遇见了正在随着师傅修行幻术的萧秀云。鲍勇一下子就被这个小女孩吸引了，从萧秀云那里，鲍勇可以看见最漂亮最不可思议的景象。于是每天到山里看萧秀云修行，就成了这两个孩子的秘密约定，鲍家村的长辈们对此完全不知情，而萧秀云的师傅对此也不以为意。

就这样青梅竹马了五六年，到萧秀云十二岁的时候，她已经被认可为具有一名优秀幻术师的能力，所以，她要开始最后的修行。

从白骨上无法看出这最后的修行到底是什么，但是，萧秀云不可以继续在深山里修炼，她必须要“出去”，或许，由于幻术和人心有着密不可分的联系，所以必须要“入世”去和人接触，才能完成最后的修炼。

总之，萧秀云和鲍勇必须要分开，这一年，萧秀云十二岁，鲍勇十三岁。两个人在村人最神圣的地方，每年一次的祭祀之所在——祖洞里约定，当萧秀云再次回来时，就要做鲍勇的妻子。而祖洞，就是我们现在身处的地方，就是“人洞”。

八年之后，萧秀云回到鲍家村，而鲍勇告诉她的是，那年秋天，就将和鲍月成婚。

萧秀云把自己听到这一消息时的感觉刻在了白骨上：“我在外面的世界经受了所有的考验，师傅说我已经有了一颗坚定的心，可是阿勇对我说‘对不起’的时候，我几乎完全崩溃了。”

在那八年中鲍勇的转变，我想我完全可以想象得到。当年纪越来越大，童年时从萧秀云那里看见的不可思议的景象，回忆起时的感受，就会从好奇变成怀疑，从怀疑变成恐惧。所以对萧秀云的感情，也就逐渐蜕化变质了。事实上，当萧秀云回到鲍家村的时候，整个村子都对她充满了敌意和排斥。

一个多年接受极端精神训练的人，受到这种刺激的后果是极为危险的。萧秀云坚持认为是由于村里人的压力，才使鲍勇不敢和她结合，她想出了一个绝对变态残酷的方法，以全村人的性命，来验证阿勇和阿月的感情是否真实。如果彼此感情至死不渝，那么萧秀云就死心让这两人在一起生活下去；如果不是，那么这负心人就没有继续生存的必要。而全村其余几百人，只是这场试验的道具而已。

八月二十一日，每年的这一天，全村的人都要到祖洞去祭拜。不会走路的孩子和走不动路的老翁由年轻人背着去，没有人可以例外，以示对祖先和守护全族的山神的虔诚。这一年，当全村四百八十九个人进洞之后，就没有一个人可以再次走出来。

萧秀英在整个祖洞中布下了“困龙阵”。这种密法借助道具，再配合恰当的环境，可以制造出幻术师个人无法达到的巨大力量。阵法一经发动，不仅对人的心智有绝对的影响力，而且不需要幻术师太过费心，可以自行维持基本的运作，如果再有幻术高手操纵，就是此道高手要脱困也极为艰难，普通人更是无法生离。而祖洞里的那三段长长甬道，正是布置“困龙阵”的绝佳所在。

和鲍家村里的其他人一起，萧秀英也进入了祖洞，当然，没有人可以发现这一点，对于像萧秀英这样的幻术师而言，让别人视她如无物是相当容易的。她要亲眼看着，看着当人们因为没有食物而自相残杀时的景象，最重要的是，她要看一看，到了最后关头，为了填饱肚子，鲍勇会不会亲手杀了就要变成他新娘的鲍月。她要用生和死，来考验这段感情。

这场最残酷的悲剧，就如萧秀英的计算，一点点拉开帷幕。带入洞内的贡品很快就被吃光了，在第六天的时候，两个饿死的孩子被吃掉了，随后整个洞里就陷入阴沉的气氛中。第七天，第一场大规模的残杀就出现了，那一天死了二百八十个人，只有一小半人活了下来。从那天之后，彼此间的残杀就不仅仅是因为果腹，更多的时候是为了保证自身的安全，先一步把对方击杀。许多人甚至不敢睡觉，生怕眼一合上，自己的脖子就被人割断。

萧秀云就隐藏在一旁，冷眼看着这血腥地狱，她叙述的笔调平静得可怕，就像一个完全没有情感的机器人，飞溅的鲜血和生食人肉的白森森牙齿对她来说，好像如同一日三餐般正常。

鲍勇和鲍月一直活到了最后，这不仅仅是因为鲍勇这个最好猎人勇力冠于全村，更因为在萧秀云的幻术影响下，使得两个人得以在激烈的凶杀中生存下来。所有的一切都是为他们所准备的，萧秀云怎么可能让他们先一步死去?

我们一块块白骨翻看着，越到后来，活着的人越少，到了第四十天的时候，连萧秀云都提到，洞里的味道不大妙，腐烂的尸体越来越多，吃也吃不完。有的时候从前杀死的人，因为来不及吃而烂掉，活着的人只好再杀一通。而一旦杀将起来，疯狂中哪里还能有心算好只杀刚刚够吃的人数，等厮杀结束，必然又会留下吃不完的尸体，加入到腐烂的行列。

那股腐烂的气息，就是现在也可以隐隐约约闻到，而白骨上的文字看到后来，原先只是若有若无的味道，在心理作用下竟越来越浓，连我都阵阵泛呕，而一半多的人已经当场就呕了起来。不过，大多都是干呕。幸好现在还没有到最后关头，否则在生死之际，要想不杀人，只怕就要把呕出来的东西重新吃回肚中。这并非是我在这里恶心，沙漠中断水的人，就连自己的尿都要喝回去，以保持身体中的水分，而呕吐出来的脏物，重新吃下去的话，也还有很多养分可以被身体吸收。

我们翻看得越来越快，所有人都有着同一个念头，就是希望知道鲍勇和鲍月最后到底怎样了。

在第四十八天的日记里，我看到了这样一段话“今天，我使他们相信，只要能在洞里撑九九八十一天，就可以走出去”。

想必萧秀云一定是利用幻术，传递给此时的幸存者这条信息的。到了现在，我丝毫不怀疑萧秀云有这样假扮鬼神的能力，我心惊的，是她对人性负面情绪拿捏把握得竟然这样精准，想必是那些年的入世修炼造就的。这样的信息一传出，对于原先相互扶持存活下来的人而言，无疑是更严峻的人性考验。

索性没有生的希望，倒也算了，亲手杀死所爱的人也不过多活几天，没什么区别，抱着这样的想法，恐怕大多数人都会有"宁可一起饿死，也不要向心爱的人动手"的觉悟。可是，如果有了一线希望，会怎么样?

会怎么样?

会怎么样？?

会怎么样……

"第六十二天了，阿月在睡觉的时候，被阿勇勒死了。果然他们不是真心相爱。现在阿月的这颗头，脸上的表情，还真是，好笑啊。我该走了。再见，阿勇。"这段话刻在一个骷髅头的天灵盖上，不用说，这就是一百多年前鲍勇的爱人鲍月的头。相比之前的刻字，这些字刻得很浅，因为萧秀云在往这颗脑袋上刻字时，她的主人才刚死不久，所以是直接往头皮上刻下去的。

现在这颗骷髅头，双眼的地方空空洞洞闪着磷火，但是当年，在死前的一刻，不知有多么不信和不甘，她一定想不到，自己的未婚夫竟然亲手扼死了她，为了熬到第一百天，还要吃她的肉，喝她的血。

百年前的记录，就到此为止了，萧秀云就此离开祖洞，任由她曾经心爱的男人鲍勇留在这个困龙阵里，虽然没有了她的主持，但是从她最后的口气看来，鲍勇还是没有能力可以活着离开。

阅读整段日记，花了大约两三个小时的时间，起先由梁应物读出来，可是他越读声音越小，每吐一个字都要花好大的力气，这些白骨中所记载的东西，实在超过了我们承受的极限。所以后来只好由人自己看，而许多女生更是连看都不敢，蜷缩在一旁。所有白骨被翻看完后，洞里一片寂静，没有人可以在看了这些后，很快回过神来。

Chapter 08　传承了百年的怨念

还没等我完全从百年前的故事里摆脱出来，两声尖锐的惊叫声却让所有人吓得跳了起来。

“是路云的声音。”郭永华说。

“还有袁秋泓。”刘文颖说。

声音是从甬道的方向传过来的。等我们赶到甬道口，梁应物打开备用手电往里照时，却一个人都看不见。

路云和袁秋泓就这样失踪了。

刚才在看白骨日记时，路云和袁秋泓是最先看不下去的几个人之一，早早就躲到一边去了。其他人的心神完全被白骨日记所吸引，也就一时没有注意其他人。却没有想到，无声无息的，这两个人就被不知什么东西给掳进了甬道，除了那两声惊叫，竟然连一点先兆都没有出现。

难道说，由于我们发现了白骨上的秘密，隐藏在甬道里的东西，就迫不及待地开始发动了吗？

我一咬牙，拔腿就要追进去，却被梁应物一把抓住。

“别冲动，那多。先理一理头绪，再商量办法。”

我一下子冷静了下来，也就没有坚持现在就冲进去救那两个人。因为我明白，现在这种情况，可不像好莱坞大片或者惊险小说，女主角出了事，男主角单枪匹马闯过去在最后关头成功救人。以现在的情况，要是我刚才就这样冒冒失失地再次冲进甬道里，纵有三头六臂大概也要自身难保，更别提救人。而现在一切刚刚有了点头绪，百年前的惨案为我们今天的处境提供了一个很好的案例，事实上甬道内的“东西”也正是因为如此才这样急着发动。所以索性大家一起把关节处想清楚，再找法子救人不迟。说老实话，要是路云和袁秋泓被掳入甬道立时就会有危险，那么就算我冲进去也已经救不了她们。

经此大变，梁应物让所有人都在生活圈里围成一个圆圈，每个人都紧挨着，可以守望相助。

我看到郭永华不时地望向甬道，知道他担心路云，他暗恋路云我早已经发现，现在也想不出什么话安慰他，只好轻轻拍了拍他的肩膀。这时我心里却闪过一个念头，郭永华喜欢路云，却还没到忘记生死的程度，刚才第一反应要冲进洞的倒是我，而不是他。想到这里，眼前仿佛又看见了鲍月两个空洞洞的眼窝。

我微微甩了甩头，不再去想这些，全神思索百年前血案和现今的关联。

和梁应物交换了意见后，一些最基本的推论已经很清楚了。

现在我们的处境，几乎就是一百年前鲍家村祖洞血案的翻板。已经可以确认无误，我们被困在困龙大阵中了。

如果说，当年萧秀云在离开时，为了继续困死鲍勇，没有把困龙大阵的禁制撤去，而这座大阵一经摆成，又没有时间限制，将会一直发挥作用的话，那么我们就太倒霉了。因为自己的好奇心，主动走进了困龙大阵，再也无法活着出去。但是经过多方推敲，我们一致认为，事实并非如此。

如果我们是无意闯入，那么怎样来解释，困龙大阵会突然自己起了变化，让人走过甬道的时间越来越长，以至于没有人再敢迈入甬道一步？而刚才袁秋泓和路云的失踪，难道也是困龙大阵自发的反应？从萧秀云的日记中看，困龙大阵分明只能自己进行最基本的运作，如果没有高人主持，是不可能出现各种高级变化的。就好比电虽然一直存在，但在自然界里只是通过闪电静电表现出来，玩不出人类那么多花样。

总不成说，这一百多年下来，困龙大阵自己修成了精有了思考能力，或者当年死的四百多个人冤魂不散，成了恶灵害人？

而再联想到之前在三里屯村，分明没有可能常到人洞这种地方玩耍的阿宝说出来的莫名其妙的话，以至于我们所有人都对人洞发生了兴趣，这才有了后来到人洞探险，如今被困的事件发生。现在回忆起来，那个叫阿宝的小孩子所说的话，简直是太可疑了。

“这一切，都说明，我们并不是无意中被卷进来的，这是一场蓄意而为的阴谋，主持这个阴谋的人，一定有着类似当年萧秀云的能力，甚至就是那一脉幻术的传人。对于这样的人来说，控制一个幼童说出违心的话，再不知不觉诱我们入彀，简直易如反掌，就是一个催眠大师，也能做到这一点。”梁应物的话，得到了大家的认同。因为除此之外，没有别的解释。

“而且，这个人，应该一直就在我们的周围，而最有可能的就是，他（她）就在我们中间。”尽管许多人都隐隐约约想到了这一点，但我说出这句话的时候，还是引起了一阵骚动，学生们彼此紧张地打量着，仔细辨认着身边所熟识的同学，或者老师，甚至我这个记者是否心存歹意。只是黑暗中，借着绿油油的磷火，每个人看起来都是那么诡异难测。

一百多年前鲍家村血案的起因，是情，因情生恨，这才酿成惨剧。那么现在呢，现在的原因是什么？搞清楚这一点是抓出元凶的关键。

一百多年前是为了情，如果完全沿用这个案例，那么今天的事件，是否也是因情而起？

因情而起的话，那么眼前的这些人，究竟谁比较有可能一点？

用不着我和梁应物发动大家相互揭发，猜疑声已经四起。人最相信的本就只有自己，在知晓了元凶可能就是身边人的时候，本能地看所有人都不顺眼起来，从前零星听说的小道消息，一下子全都抖落出来。

现在的大学生，没在学校里谈恋爱的已经是极少数，卞小鸥和费情自不必说，其他人也都有着自己的男友或女友，而关于各自的绯闻，平时也有着诸多的版本，比如原本是从谁那里抢来的男友，或者自己的女友从前曾经甩过多少帅哥，诸如这样的信息，现在都成了可能成为凶手的佐证。然而头痛的是，几乎每一个人都有着这样的传闻，但是却并没有出现有三角恋情关系的当事人都正好在这个考察团里的情况。

“刘文颖。”梁应物忽然开口问道。

“你，有没有曾经追过你的，在这里？”

我心里一震，刘文颖似乎是喜欢梁应物的，而以她的条件，恐怕平日里追求者众多，莫不成……

“啊。”刘文颖怔了一怔，立时就明白了梁应物问这句话的含义。她想了想，又向旁边看了看，说，“朱自力，还有何运开，都追过我。”

“不是我，真的不是我。”朱自力立刻就叫起屈来。

“我哪有追过你，自作多情，妈的别臭美了。”何运开见有人指到他头上来，立刻就骂了起来。

“怎么没有，上个学期有段时间，我每次上体育课，你都会给我买饮料，还有几次拿自己的毛巾给我擦汗，哼，那毛巾上都是你没洗干净的汗酸味，恶心死了。”刘文颖立刻尖声反驳。

“那时我瞎了眼，现在我对你一点兴趣都没有了。”

刘文颖气得又要骂回去，梁应物却一摆手：“别说了，不会是何运开的。”

何运开的这副样子，怎么看都不会是有能力学会幻术的人才。

我看着眼前互相指责，猜疑，进而对揭老底的学生们，心里暗暗着急。现在的气氛已经充满了火药味，当不信任感到达极点，平时对彼此积压的不满就会一下子爆发，到时候只要有一个人先动了手，所引起的连锁反应，足以造成类似一百年前的严重后果。

我看了看梁应物，他也一脸愁容，想不出法子。

忽然之间，我想到一点，万一到时候大家动起手来，一片混战，那是玉石俱焚的局面，如果元凶就在我们之间的话，他有什么办法确保自己不在这样的混战中遭殃呢?

我低声地把这个疑问告诉梁应物，他也想不通这个关节。

“真的，要是那个人就在我们中间的话，照现在的样子发展下去，我已经没办法控制，到时候一动手，谁也难保自己的安全，难道说，他的幻术可以让他在混战中独善其身？还是，其实那个人并不在我们中间。”梁应物说到“并不在我们中间”这七个字，忽然间全身一震，抬眼望向甬道。

一瞬间我明白了梁应物的想法，背上立时起了一阵寒。

其实，还有两个人不在我们的中间，可以确保在混战起时，不被卷入，那就是路云和袁秋泓。而刚才的种种猜测，也没有人把矛头指向这两个被甬道吞噬，并不在场的人。

我们把她们漏了。

“丝”。

我听到梁应物抽了一口冷气。

“怎么了？你想到什么？”我沉声问梁应物。

他静静地向甬道口方向看了片刻，才回答我说：“我想，我已经知道是谁了。”

“是谁？”我想都没想，立刻反问回去。

梁应物摇了摇头，没有回答我，不知在想什么。

我这时大脑全力开动，心念急转。袁秋泓和路云，会是谁呢？

袁秋泓是上海人，出身富贵人家，一举一动都有着洗脱不了的贵气。这样的人会是神秘幻术一脉的传人，着实叫人难以想象。而路云，平时内向少语，她是，她是，天，她就是湖北人，在三里屯村的时候，还因为会说本地话而当过双方的翻译。莫不成就是她？

正当我想再一次开口问梁应物的时候，他忽然开口大喊起来，听清楚他喊的话，真是让我目瞪口呆。

梁应物大喊的，竟是："路云，路云，我喜欢你，你出来吧。"

一时间，所有的学生都停止争吵，齐齐望向他们的梁老师。

梁应物继续大喊："我对刘文颖一点意思都没有，我是喜欢你的，你出来吧。"

看来，正如我所猜测的，梁应物也怀疑，路云就是"那个人"。而这两个人之间，必然有着我们所不知道的情怨纠葛，梁应物这家伙，竟然搞出师生恋，之前还一点风声都不露。要不然，哪用到现在才猜出是谁来。

只是梁应物现在这样一表白，会有什么样的结果。以我对梁应物的了解，他可不是会说出这样肉麻话的人，一定别有用意。

一百多年前，鲍勇是因为不喜欢萧秀云，而喜欢同村的鲍月，这才引发了萧秀云的“生死考验”。那么现在梁应物却坦承喜欢路云，是不是可以破这个局？

没喊几声，一个黑影从甬道里缓缓走了出来。

“路云！”惊叫声此起彼伏。

“袁秋泓在哪里？”我大声问。

路云在离我们不远处站定，手往旁边一指：“那不是吗？”

梁应物忙从怀里摸出手电照去，袁秋泓赫然就躺在离生活圈不远的白骨中。我来不及赞叹幻术的神奇，连忙赶过去察看，好像只是晕过去，顿时舒了口气。

至此每个人都已经明白，让他们陷入如此绝境的，就是这个平时看起来内向而文静，与人无害的路云。

何运开一声怒吼冲了过去，路云轻轻哼了一声，何运开冲过去的身躯竟然在离路云足有三尺远的地方擦过。何运开继续着他的怒吼，双眼向前怒视，就像路云就在他的前面一样，直直地冲到洞壁还不止步，就这样握着拳头一头撞在石壁上，晃了两下倒了下去，看来是撞晕了。

本想跟着何运开冲上去的众人立刻停止了脚步，在这样的幻术下，恐怕再多的人也只能落得和何运开一样的下场。

梁应物缓步朝路云走去，说："我以前一直没有对你说，因为我们的身份不合适，可是我心里一直喜欢你，上次拒绝你，其实我也很难受。"

路云痴痴地问："真的吗？"

梁应物走到她跟前，望着她的眼睛，说："真的。"接着便微微弯下身子，去亲吻她的双唇。

所有人看着梁应物就这样吻了上去，不知该说什么。

我紧紧盯着梁应物，黑暗中，隐约看见他和路云热吻着，抱着路云身子的右手却慢慢举了起来，忽地立掌成刀，狠狠劈在路云的颈动脉上。路云的嘴巴被梁应物封着，哼都没哼一声，就软软倒在地上。

果然，和我猜的一点都不错。梁应物这个家伙……

"那多，探路，快。"梁应物对我说，同时把备用手电递给我。

我接过手电，二话不说，径直就入了甬道。

元凶已经晕了过去，这困龙大阵是否会就此破解？

一个弯，两个弯，出来了。

只十分钟不到，我就回到了白骨洞。

看来萧秀云的记载没有错，这座大阵就算没有人主持，也能发挥最基本的运转。所以现在路云昏过去以后，甬道不会再把人困住很长时间，但两个弯转过，还是和从前一样，又回到白骨洞。

不用我多说，这么快回来，本身就说明了问题。而这个时候，路云已经被绳子捆得像粽子一样，倒在地上，还犹自未醒，看来梁应物那一记真够狠的。

梁应物告诉我们，去年初的时候，路云曾经偷偷找过他一次，向他表述了爱慕之意，但是被他以师生恋不合适为由直接拒绝。路云是个极为内向的女孩，能鼓起勇气表白一次已是不易，遭到拒绝之后，就再也没有提起来。而刘文颖也对梁应物十分倾慕，虽然梁应物也是一样的不假辞色，但刘文颖天性外向，被拒绝几次也不以为意，始终粘在梁应物身边。而梁应物经我提醒，忽然想到，要是路云一直没有放弃对自己的情意，却又误把刘文颖始终缠着自己的行为，看作是自己对刘文颖的认可，从而认为自己原先所谓的“师生恋”不伦纯粹是一种欺骗性的借口，那么不就基本符合了一百多年前萧秀云的动机吗，再一想路云的背景和这些天的举动，立刻就有了九分把握，这才厚着脸皮大施“美男计”，把路云引了出来，并且以同样的方式放倒这个神秘的幻术高手。

尽管还是一样的走不出去，被困在一大堆白骨里，可是元凶已经找到，再不像之前全无头绪，只能等死，大家一下子放心许多。

“喂，我说，刚才其实你走到路云面前，把脑袋凑过去的时候，就可以下手了吧，非要等到吻得热火朝天爽过以后才动手，嘿嘿……”

“说什么哪，那多，你没看到何运开的样子吗，我怎么知道她确实在那里，总要进一步确认一下吧。”梁应物大声辩解。不过许多人已经笑出声来，这大概是这些天他们第一次笑吧。

“那倒是，味蕾感觉这么丰富，要模仿起来，也不那么容易。”

“还有啊，能和梁老师一亲芳泽，路云哪里肯弄个幻影虚凤假凰，当然要自己上了。”身为情敌的刘文颖这时候竟然也插上一脚，只是听起来有些酸溜溜。

“好了好了，我们还没有出去，有力气取笑我的话，还不如想想怎么让路云心甘情愿放我们出去。”梁应物岔开话题，不过这的确是个足以让所有人再次严肃起来的大问题。

“想出去，过一百天再说。”

我大吃一惊，路云竟然已经醒了。刚才梁应物那一掌的力道，一般的男子也要晕个几小时，看来路云肉体的坚韧，可完全不像她表面看起来的那样啊。

何运开还没醒过来，否则听到这句话，又要冲上去揍人了。

“你，你到底是怎么了，路云。”郭永华讷讷地说。

路云哼了一声，声音尖厉得吓人。借着磷火，我看见她的面容很奇怪，说不出的乖张诡异，不知哪里不对劲。虽然五官和从前一样没错，但就是让人觉得，她和从前的路云，有着很大的不同。老实说，这两天来我一直隐隐约约有这样的感觉，但之前只以为，是由于被困白骨洞而让每个人都极度紧张，自然和平时有所不同，但是现在这种不同成百倍地突显出来，却让我心里一动。

“你，你到底是谁？”我下意识地问了一句让我自己都莫名其妙的话。

然而这句简单到愚蠢的问话，却并没有得到回答。路云这时就在那一堆磷火白骨旁，是整个洞里最亮的地方，所以，连她脸上的表情，站得近一点的人都可以看见。而路云听了我的问话，竟然把眉头皱了起来，似乎在极力想着什么。

“我是，我是……”

她缓缓地转头，看着这洞里的一切，五官都开始扭曲，仿佛头痛欲裂的样子。

“我是……萧……秀……云！”

所有人都倒抽一口冷气。

萧秀云，白骨日记的记录者，一百多年前的幻术天才，祖洞吃人血案的始作俑者，这怎么可能？

“不可能，你是路云，你今年二十一岁，即便你是幻术一脉的本代传人，也不可能是一百多年前的那个萧秀云。”梁应物说。

路云的眼睛眯了起来，直勾勾盯着梁应物：“你，你这个负心汉，就和阿勇一样。”

朱自力冲到路云跟前大喊：“别在这里装神弄鬼，快放我们出去，否则，你自己也一样饿死。”

路云瞥了朱自力一眼，神色间竟是说不尽的傲慢和不屑，接下来的一幕让我们所有人都目瞪口呆，不知所措。

“你不会真得蠢到以为，你们已经把我抓住了吧？”路云冷笑着，站了起来，原先层层绑在她身上，不知绕了多少圈的登山绳，就像只是轻轻放在她身上一般，随着她的站起，自然而然地落在地上。

我和梁应物不约而同地向后退了一步，朱自力更是吓得倒退出六七步。

不过路云只是站在那里，并没有进一步的动作。对她来说，大概我们这些人，都无法形成什么威胁，随时可以解决，只要她不再犯刚刚那样的错误，让梁应物有乘机下手的机会。

“虽然你们发现了我，但是，实验依然会进行下去，到时候，第一个动手的会是谁呢？”路云眼睛扫了一圈，掠过犹自晕倒的何运开，最后停在梁应物的身上，“原先，还以为一定会是这个无脑的肌肉男，不过现在看来，说不定最早下决心的，倒是你呢，梁老师。”

梁应物沉默。

“他不会做这样的事。”我替梁应物回答。

“是嘛，传奇的记者先生，你们的关系很好啊，多半你们会留到最后，有他在，你会很放心吧，所以，说不定就在睡梦里，被他就这样一刀划过喉咙，鲜血可以射到三尺远的地方呢，就像鲍月那样。”

路云妖异的语调，让我的喉咙一下子泛起了鸡皮疙瘩。

路云的眼神在我的脖子上转了两圈，又回到梁应物的脸上。

“不过，因为你的关系，我就多告诉你们一些东西，再进行我的实验吧。嗯，年轻身体的感觉，真是不错。是的，这副身体，当然是那个叫路云的女孩的，说起来，她该是我第四代的弟子。而这里……”路云竖起右手的食指指着自己的头，“现在该有一大半，是萧秀云。”

“很奇怪吧，这是一个秘密，就连我的徒弟、徒孙，再到路云的师傅，和这个路云，都不知道的秘密。当年，我在收徒弟的时候，就在她的脑子里留了一点东西，如果，她可以找到她心爱的那个人，就这样生活下去，那么，她一辈子都不会知道我留给她什么，而我留下的东西，会在她五十岁的时候，自动传给她的徒儿。”

“是在一定条件下发作的深度催眠吗？”梁应物问。

“催眠，哼，那种低级的玩意儿，我可是让自己灵魂的一部分，一代一代地流传下去啊。纵然时光再久远，也不会消失，直到再次复苏。从路云被你拒绝，又发现你和这个刘文颖打得火热的时候，我就开始复苏了，所以才有了这次的神农架之行。”

梁应物大吃一惊：“原来这一次来神农架，完全是你在起着影响……”

我心中也是一凛，原来梁应物和所有这次来的学生，早已在不知不觉中，被路云所影响。这种悄无声息操控人心的能力，实在是太可怕了。

路云接下去说：“是的，当年这场失败的实验，就由你们今天来继续下去吧，这一次的陪葬品少了很多，可能用不了太长的时间。”

“等一等。”我连忙说。

“怎么？”

我的脑子里急速转着各种各样的念头。我知道就这样结束的话，那么路云一旦再次消失在甬道里，将再没有人可以让她出现，这样我们就真的完了。可是，接下去要怎么做，才能让这个一百多年前的老妖怪放了我们？

“拖延时间吗，你的那点伎俩还是不要拿出来耍得好，再见了。”

“等一等。”这次是梁应物喊了出来。

“等一等，你的实验已经结束了。”

“什么？”路云有些诧异。

梁应物忽然放声大笑起来，直笑得弯下腰去，仿佛看见了世界上最好笑的事情。

路云的脸色越来越难看：“够了，你笑什么。”

“从头到尾都是你这个小丫头在一厢情愿，做什么实验，当年的萧秀云或许有资格，但是现在的你，不管你说你是萧秀云也好是路云也好，根本没有实验的资格！”梁应物一边笑一边说。

“胡说，作为一个被你伤害的女人，我当然有资格。”路云厉声说，声音尖得几乎要把人的耳膜刺破。

周围的学生一个个面露惶恐，生怕梁应物触怒了路云，让他们死得更快。我却知道梁应物在兵行险着，我太了解他了，别看他表面这样张狂，心里和我一样捏着一把汗。

“去，什么伤害不伤害的，我从来都没有搭理过你，从头到尾都是你自己在那里单相思，刚才我那样说，你现在也知道了，是为了把你骗出来迫不得已恶心自己说的。既然我和你从来就没有开始过，你说你有什么资格做这个实验？

“就好比你看到树上有一只很漂亮的鸟，就叫这只鸟陪你玩，可是这只鸟根本就不理你，你就一枪把那只鸟打死，哦不，对你来说，是用幻术把那只鸟弄死。你说你是不是又无聊又变态？”

“你……”路云咬牙切齿，脸色发白。

“你什么你，你这个变态的老妖怪，要是你坚持要做这个狗屁实验，就说明你根本不懂得爱情。而一个根本不懂得爱情的人，却又要来做关于爱情的实验，简直就是一头牛在弹琴。”

自打我认识梁应物以来，就没见他这么刻薄过，路云的身体都已经在发抖了。

但梁应物还没有完，他继续指着刘文颖说：“你觉得我和她正在谈恋爱吗，那只能说明你的眼光实在是太差了。当初她向我表白的时候，我对她说的话和对你说的话一模一样，我从来就没有接受过她，也从来就不打算接受她。路云和刘文颖，对我来说是一样的，都没有什么兴趣。你说你要实验，那么到底打算实验谁？你根本就没有实验的对象。倒是刘文颖，尽管我拒绝了她，但她一直没有放弃，一直试图打动我，虽然到今天为止她还没有成功，但是说到爱情，她远比你这个一被拒绝就当缩头乌龟的人来得有资格。”

“真的，原来你和刘文颖没有在……”路云颤声说。

“当然没有，你什么时候看见我和她有过亲密接触了，不要因为自己孤僻，就把别人热情一点的举动当做爱情的表现，唉，你还真是个什么都不懂的小孩子。”

看着路云的表情，我隐约觉得接下去有戏。梁应物一下刺激一下安抚，着实厉害，不知他还能说出什么刻薄尖酸的话来。

路云浑身都在发抖，情绪极度不稳定。

梁应物接下来的动作，却让我吓了一大跳。他竟伸出右手，一把搂住我。

“如果我告诉你，我对什么女人都不敢兴趣，喜欢的只有男人，你会怎么想？”

路去“啊”地大叫一声。

我也一身的鸡皮疙瘩，也不知是被她叫的，还是被梁应物搂的。

好在梁应物很快就松开我，说：“我当然是个异性恋，但看看你，要是你真的够了解我，怎会这么容易被一个动作一句话骗到。我看你是学那个什么幻术学傻了！”

“你！”路云用手指着梁应物，眼看就要发作。

“你什么你，你那个幻术，我看也没什么了不起的，只能唬唬何运开，我一拳就能把你撂倒了。”

路云气极反笑：“那你倒是试试看。”

“你这个不懂爱情，又学了通没用幻术的老家伙，被我摞倒以后，就乖乖从哪儿来回哪儿去吧。”梁应物说着，就向路云冲去。

“你要能碰着我一片衣角，我就把你们放出去。”路云冷笑着说出这句话的时候，梁应物已经和刚才的何运开一样，擦着她向着洞壁冲去了。

梁应物冲得极猛，要是就这么撞上石壁，恐怕有性命之忧。

我眼看着梁应物擦着路云左侧跑偏了，立刻往路云右侧猛冲。

路云不明白我的意图，因为我根本不是冲她去的。只一愣神，胸腹处一紧，人像被无形的脚踹中，往后飞去，狠狠撞在石壁上，晕了过去。

梁应物在差不多时候踉跄着撞上石壁，但因为手里拉着绳子，并没有受伤。

就在刚才他假作搂我的时候，把做“百家绳”时余下的一段绳索塞在我手里，而他则握着绳索的另一端。在昏黑的环境下，路云没能看见这个小动作。

我本还不知这是什么意思，等瞧见梁应物向路云猛冲，立刻就明白了。

路云可以用幻术影响梁应物的视觉，令他改变方向。但只要我拉着绳子往另一头跑，处在我们中间的路云就会被绳索拉倒。

梁应物想尽了办法，先影响路云的精神状态，又让她许诺被打倒就放我们出去，再与我合作将她击倒。现在就祈求路云再次恢复神智，能恢复本我，又或者，能遵守承诺。

Chapter 09　尾声

三小时后，我们在清醒过来的路云的带领下，顺利走出了足足困住我们三天的人洞。幸运的是，所有的行李还在它们原先的地方，并没有被野兽叼走。

没有人再有继续按原计划穿越神农架的兴致，由于前一天晚上大家都没有睡觉，所以在开怀大吃了一顿之后，大家搭起帐篷直睡到次日上午。当然，路云睡了单独的一顶，没有哪个女生愿意和她睡在一起。男生只怕也是一样。

在整个返回的路上，所有的学生都不再像来时那样，高声谈笑。不仅是因为经历过那样可怕的生死考验，更因为原本相处得不错的同学，在白骨洞里的时候，最后关头，却都显得那样可怖。他们过早领教了人性的丑恶，不仅从百年前的鲍家村血案，也从自己的身上。

倒是我和梁应物同路云交谈颇多，也了解了一些其他人所不敢问的东西。

萧秀云所留下来的，是一段相当强的怨念，这股怨念强大到一旦发动起来，可以掩盖掉当事人的原先性格，而让这个人按怨念的驱使去做出一些平时不会做的事。萧秀云在幻术上的强大修为，还使得她的一部分记忆也随着怨念留了下来，但是这股怨念固然强大，可终究不是一个独立的人的灵魂，不可能永远取代这付不属于她的身躯的意识。所以，当实验结束的时候，这个怨念就会再次隐伏下去，等待下一次时机发作。

不过路云告诉我们，由于梁应物的刺激，这个怨念承担了过度复杂的情绪和思维，毕竟不是一个真正的灵魂，在被梁应物反复刺激又击倒后，竟然全然破散了，以至于不但让路云恢复了本来的神智，今后也再不可能出现了。而且路云自己的幻术修为经此一劫，和萧秀云留下的怨念发生了神奇的融合，更上一层，未来的发展怎样，连路云自己也说不清楚，可能会超越萧秀云也说不定。

我和梁应物一起，要求大家对此事守口如瓶。没有人提出异议。对那黑暗中的记忆，相信每个人都想要极力地忘记，不会有人愿意再度提及这个噩梦。更何况萧秀云虽然不在了，但路云还在，而且还要继续和他们一起上学。没有人愿意冒险惹怒她的。

当初出洞的时候，路云解除了困龙大阵的禁制。只要没有人再次发动，那么就不会出现进去出不来的情况。我问她为什么不彻底破坏，路云笑笑，说那是她能力范围之外的事。只是对此，我持保留态度。

直到到达上海，除了我们，没有人和路云说过一句话。但是令人惊讶的变化正慢慢地在路云身上发生。她以神奇的速度不断美丽着，原本只能算是一个相貌清秀的女生，但不知怎么，对照从前，五官虽然没有明显的改变，但整个人的气质却完全不同，散发出的女性魅力，在我和她分手的那一刻，她的微笑几乎连我都抵挡不住。我知道那一定是幻术精进后的结果，这一次她回到学校，一定会引起惊人的骚动吧。下一次见她的时候，还不知会变成什么样子呢。

“我承你的情，以后如果有什么需要的地方，不要忘了我啊。”路云在火车站笑着向我摆了摆手，极为自然地挽起梁应物的手，转身离去。不知是因为她此时的魅力，还是对她莫测能力的顾忌，号称“只对男性感兴趣”的梁应物竟然没有拒绝。

回到上海我写了一篇非常臭的稿子，连瞎编的心情都没有，不免看了几次领导的脸色。休养生息了好长一段时间，我才从人洞的阴影里恢复过来。这件事之后，我和路云通过几次电话，都是她打过来的，我心里对她总是有着挥之不去的阴影，加之没有和她见面，感受不到她的吸引力，每次都是草草几句就挂了电话。

后来，梁应物告诉我，朱自力、郭永华、蒋玮、卞小鸥和费情先后退学，卞小鸥和费情在回去不久就分手了。而何运开再没有去练健美，刘文颖和路云的性格也像是换了一下。现在路云在学校里走到哪里都众星拱月，魅力之大，连梁应物见到了，都要扭过头去赶紧走开，以免沉溺其中。

现在，人洞再一次被发现了。里面的尸骨上的文字，不知会不会被发现。估计这个可能性相当小，如果不是我们当时的处境，没有人会对这些白骨仔细研究，普通人一站到那个白骨洞里，待不了几分钟就会逃跑，所以当年鲍家村耸人听闻的血案，只怕依然只有我们这十四个人知道。

写到这里，我发现，原先的恐惧，已经随着在电脑屏幕上敲出的一个个汉字而淡去。这真是一种很好的方式，什么都是要分享的，欢乐如此，痛苦如此，恐惧当然也如此。

呃……其实，还有一件事。

我想梁应物也和我有同样的想法，只是我们谁都没有交流过。

萧秀云真的从此烟消云散了吗?

路云告诉我们的，就是真的吗？她虽然带我们出了人洞，又怎知只是因为遵守承诺，而不是恢复了“路云”的人格灵魂?

最可能的是，萧秀云和路云，合成了一个人。

每次想到这点，我就觉得背后凉飕飕。

我可不想让这种恐惧一直盘踞在心里，就趁这个机会，一并解决了吧。

我拿起办公桌上的电话，拨了个号码。

“路云吗，我是……”

“你是那多，你总算……给我电话了。”一个低沉的，极有磁性的女人声音从听筒里传来，让我的心脏剧烈跳动。不是我记忆里的路云声音，也不是萧秀云。但我知道，这就是路云。

我深吸一口气。

神秘莫测的幻术，没准在未来的哪一天能帮上我的大忙，别总想着逃开。另外，路云，她现在已经是一个大美人了吧，或许，早已经升级成为了绝世美女了，管她原本是什么模样呢。

“还记得人洞吗？”我说。

她低低笑起来。

图书在版编目（CIP）数据

凶心/那多著．—沈阳：万卷出版公司，2009.7
ISBN 978-7-5470-0005-2

Ⅰ.凶…　Ⅱ.那…　Ⅲ.长篇小说—中国—当代　Ⅳ.I247.5

中国版本图书馆CIP数据核字（2009）第108531号

出版发行：北方联合出版传媒（集团）股份有限公司
万卷出版公司
（地址：沈阳市和平区十一纬路29号　邮编：110003）
印 刷 者：北京鑫瑞兴印刷有限公司
经 销 者：全国新华书店
幅面尺寸：145mm×210mm
字　　数：90千字
印　　张：5.75
出版时间：2009年7月第1版
印刷时间：2009年7月第1次印刷
责任编辑：杨春光
特约编辑：赵海萍
装帧设计：伍　奕
ISBN 978-7-5470-0005-2
定　　价：19.00元

联系电话：024-23284442
邮购热线：024-23284454
传　　真：024-23284448
E-mail：vpc_tougao@163.com
网　　址：http://www.chinavpc.com